悪役転生者は結婚したい
序盤のザコ悪役でも最強になれば、主人公でも攻略できないヒロインと結婚できますか？
天《てん》龍《りゅう》院《いん》雪《せつ》那《な》
大和帝国の皇族・天龍院家の娘。不吉とされる赤目を理由に冷遇されている。
「殿下。この華衆院國久、ただ今お迎えに上がりました」
華《か》衆《しゅう》院《いん》國《くに》久《ひさ》
天龍院雪那に一目惚れした転生者。

「あ、あの華衆院殿……！
さ、さすがに
それはあ……！」

「なるほど……若様も相変わらず情熱的ですねぇ」
田《た》山《やま》宮《みや》子《こ》
天龍院雪那の専属侍女であり幼馴染み。
「――と人前で堂々と言われて、私はもう顔から火が出るんじゃないかと思いました……っ」

（死なせたくないっ！　私はまだこの人と生きていたい……！）
「穿て！　鳴神之槍!!」

悪役転生者は結婚したい

序盤のザコ悪役でも最強になれば、主人公でも攻略できないヒロインと結婚できますか？

大小判

FB
ファミ通文庫

目次

イラスト　江田島電気

序章　―原作開始五年前の出会い―

「ゲームの世界に転生とか、もう時代遅れだろ」

そうボヤいた俺は今、自分が置かれている状況、世界、時代……そういったどうにもならないものに対して頭を悩ませていた。

まぁ簡単に言うと、現代日本で暮らしていたけど事故って死んで気が付いたらゲームの世界に転生していた……なんていう、WEB小説でどれだけ使い回された設定なんだって感じの状況に陥《おちい》っている訳である。

「事実は小説より奇なりってか？　どうせなら、もう一回日本に生まれ変わりたかったなぁ……！」

ラノベで読む分には面白いけど、実際に自分が体験する側となると話が違う。色々と便利で娯楽《ごらく》の多かった前世に比べて、圧倒的に不便で楽しい事が少ない異世界での生活など楽しい訳がないのだ。

正直、こんな事が現実に起こるなんて欠片《かけら》も思っていなかったんだが……まぁ起こってしまったものは仕方がない。現実を認めて、状況を把握《はあく》し、身の振り方を考えなければと思い、俺は調べられる限りを尽《つ》くして、どんなゲームの世界に転生したのかを把握した。ていうか、把握してしまった。

「よりによって……よりによって【ドキ恋】の世界かよぉ……！」

知りたくなかった……正直に言って知りたくなかった……！　どうせならもっと別のゲームの世界に転生したかった……！

というのも【ドキ恋】……正式には【ドキドキ♡あっ晴《ぱ》れ戦姫恋愛絵巻《せんきれんあいえまき》】とかいうクッソ頭の悪そうなタイトルのゲームは異世界に朴念仁《ぼくねんじん》ハーレム主人公が転移し、出会う美少女全員を嫁《よめ》にする……大雑把《おおざっぱ》に言えばそんな感じのエロゲーである。

「何でよりによって【ドキ恋】……⁉　いや、他の世界だったら良いのかって訳でもないんだけど、よりによって……俺シナリオそこまで読み込んでねぇよ⁉　友達のPCでプレイしただけで、そもそも買ってもいないし！」

もうちょい詳しく説明すると、魔法要素のあるファンタジー世界に存在する大和帝国《やまとていこく》という和風な国に、都合よく古流武術を学んでいた現代日本育ちの主人公がなぜか転移し、その上チートパワーに目覚めて俺TUEEEE！する訳だが、登場する美少女キャラ全員から特に理由もなくモテまくるという、作品なのだ。

世の中にはハーレム系の作品なんてありふれてはいるが、その中でも【ドキ恋】は異常なくらいに主人公がモテる作品として有名で、ヒロインは総勢で五十人を超える。ちなみに作品の煽《あお》り文句は「異世界美少女を全員嫁にせよ！」。やかましいわ。

正直俺自身、作品全体としては好みから外れていたから買わなかったけど、ヒロインが五十人以上登場するだけあって、個々で見れば好みのキャラクターも大勢いたから、友達から借りてプレイしたことはある……。

だからシナリオも大体分かるんだが……ぶっちゃけ、プレイしてて違和感が凄《すご》かったから、結構読み飛ばしてた。

真面目な戦闘パートとかシリアスな場面とかはそれなりに楽しめたんだけど、いざ主人公がヒロインたちを口説《くど》き落とすって場面になると、「えぇ……」って言いたくなる場面が多いのなんの。

(何というか、ヒロインが皆してチョロインなんだよなぁ)

主人公がちょっと甘臭いセリフを言うだけで惚《ほ》れて、主人公がちょっと力を見せつけるだけで惚れて、主人公にちょっと助けられるだけで惚れて、終《しま》いには主人公は特に何もしていないのにいつの間にか惚れて……もうね、「そうはならんやろ」って言いたい場面ばかりだった。

いや、分かるよ？　作品コンセプト的に、予算とかそういった都合でヒロイン一人一人に焦点《しょうてん》を当てて主人公に惚れる経緯《けいい》を事細かに設定しろというのは無茶《むちゃ》ぶりだってことは。プレイする側としても、主人公がいつまでもヒロインとのフラグを立てないのはもどかしいし。

（駄作《ださく》とまではいわない……けど個人的にやり込みたいと思える作品でもなかった）

ぶっちゃけ、主人公にとってやたらと都合のいいストーリーだったなぁ……と思った。

そんなにチョロくて大丈夫かヒロインたち……とも。

まぁそんなゲームでも良いところはあったし、あそこまで突き抜けていればかえって需要《じゅよう》もあったのか、ファンディスクが出るくらいには人気があった。

……じゃあこの世界に転生して何が問題なのって話だが、俺は主人公やヒロインがどうのこうのって考えちゃいない。いや、確かに主人公のことは鼻についてムカつくとか思ってるけど、どうこうしようと思っていない。ハーレム作りたければ好きにすればいい。

（問題は、俺の転生先なんだよなぁ）

【ドキ恋】の主人公である御剣刀夜《みつるぎとうや》と敵対する、序盤《じょばん》の悪役キャラ華衆院國久《かしゅういんくにひさ》という奴がいる。俺の転生先は、まさにそいつだ。

この國久っていうのがまたどうしようもない奴で、大和帝国の名家の出で、メインヒロインの婚約者という設定なんだけど、序盤《じょばん》に出てくる悪役だけに、これといった信念も長所も持ち合わせていない、身分を笠《かさ》に着て横暴《おうぼう》に振る舞うという、何とも小物臭いキャラだ。

もちろん、そんな奴がハーレム作品のメインヒロインの婚約者の座になんて居座《いすわ》っていたら、主人公に排除されるに決まっている。

「……それどころか、国家反逆罪で打《う》ち首獄門《くびごくもん》なんだけど……」

犯罪に手を染めたり、目下の人間にはかなり横暴に振る舞ったりと、殆《ほとん》ど自分の過失でメインヒロインの婚約者の座を主人公に奪われたのに、それを逆恨《さかうら》みして物語の黒幕の手下になって大和帝国を脅かし、最後には主人公に再び敗れてあっけなく打ち首になる……それがシナリオにおける國久の最後だ。

「転生の神様よ……あんた平和な日本暮らしだった俺を、異世界のしょぼい悪役に転生させて何がしたいんだ……？」

最初は何かの間違いであってくれとも思ったんだが、実家が華衆院なんて珍《めずら》しい苗字《みょうじ》の貴族だし、名前が國久だし、皇族や他の貴族とかにいる、調べられる範囲での主要キャラを探してみたらマジでいるし、そこまで分かると俺も現実を受け入れざるを得なかった。

このまま何の対策もしなければ、悪役キャラルートまっしぐらになって身を滅《ほろ》ぼす可能性は高い。

「ただ転生してみて思ったけど……國久だって別に根っからの悪人だったたって訳じゃな

かったのかもな」

今の俺は十歳になるが、俺は生まれた時から異世界に転生したという自覚と、前世の記憶があった。言わばある程度の大人としての価値観とか道徳観とか知識が、肉体年齢に見合わないくらいに備《そな》わっている訳である。そんな俺だからこそ、華衆院家に渦巻《うずま》く闇《やみ》というのが、大体分かるのだ。

「父親は市井《しせい》で女と子供作って帰ってこない。そんな父親を母親は心を病《や》みながら健気《けなげ》に待って、生んだ息子は育児放棄《いくじほうき》……そりゃ原作の國久もグレるわ」

原作にも、國久の腹違いの妹だっていうヒロインがいた。その事実と、屋敷《やしき》の使用人のヒソヒソ話や、母親の様子を見ていれば、俺の推察《すいさつ》は事実なんだろう。実際父親の様子を見に行ったら、原作ヒロインを小さくしたような子供と楽しそうに歩いていたし。

「原作の國久は婚約者だったヒロインに執着してたけど、この生《お》い立《た》ちが関係してたのかもな」

自分が家族に恵まれなかったから、自分が結婚する時は幸せな家庭を築きたかった的な。まぁ今となっては分からんけど。

ちなみに父親は婿養子《むこようし》で、華衆院家の血筋の人間じゃない。領地運営は本家の血筋である母親が取り仕切っている。いつ父親が帰ってきてもいいようにってな。

「それで最後まで報《むく》われずに三年後には死んじまうんだから、どうしようもないよな」

作中において、國久の母親は既に死んでいる。確か腹違いの妹に向かって、「俺が十三の頃に母が死んだ！　お前のせいだ！」みたいな恨《うら》み節《ぶし》をぶつけてたのを覚えてる。そこら辺の詳しい掘り下げはなかったから確信は持てないけど、実際に母親はかなり心労が溜まってるし、いつ死んでもおかしくなさそうなくらいに辛気臭《しんきくさ》い。

とりあえず母親も何とか救えないか、色々と頑張ってみるけど……正直、無理っぽいんだよなぁ。顔を合わせても俺の事なんて眼中に無さそうだし、話しかけても「今忙しいから」って無視されるし。

「……何はともあれ、後三年もすれば父親が戻ってきて、不倫相手との子供を次期当主に据《す》えようとするだろうな」

あくまで仮説だが、原作の流れや、これまでの父親の行動から推測すると、そうなる可能性は高い。

華衆院家の直系は俺と母だけだ。祖父母は死んでるし、分家も滅んでいる。母が死ねば華衆院家の実権は子供の俺じゃなくて父親が握ることになるだろう。そうなれば後は向こうの思うまま。國久が嫡男《ちゃくなん》なのに皇女《こうじょ》の婚約者として家の外に出され、妹が華衆院家の次期当主としてゲームで登場してたのは、そういう事なんじゃないかと思う。

「……でも別に、そうなっても良いんじゃないか？」

俺は当主の座に興味はない。転生者だからって内政能力があるわけでもないし、原作の國久と違って勉強はしてきたけど、その分自分には向いてなさそうだと思った。

むしろ貴族の地位を捨てて自由に生きた方が、俺の為にもなるし、領民の為にもなる。素質の無い人間が上に立つほど、苦労する人間が増えるからな。

「それに今の内から動けば滅亡回避どころか、気ままな人生を謳歌《おうか》するのだって夢じゃない！」

生まれた時から転生者という認識があったおかげでこれといった悪事を犯してないし、今から全力で貴族としての身分を捨てる方向で動けば、原作からフェードアウトして平和な未来に進めそうな気がする。メインヒロインは俺の好みじゃないから、何とか婚約しない方向に持っていきたい。

こちとら前世で悪役転生物の小説を散々読み漁ってきたんだ。大丈夫、全力で保身に走れば、悪役を脱して平和な人生を摑んだ主人公たちのように、俺だって平穏《へいおん》な毎日を享受《きょうじゅ》できるはず。

「よっしゃ！　そうと決まれば計画を練らないとな！　明るい未来が俺を待ってるぞ！」

そして俺はこれからの身の振り方について色々と計画を練った。屋敷から金目のものを持ち出して出奔《しゅっぽん》して、読み書き計算はできるからどこぞの商会で雇ってもらって安定した収入源を手にしてと、かなり具体的な方針を色々と考えたんだが……結論から言って、平穏な人生を謳歌したいという俺の願いは、叶う事はなかった。

いや、誤解されないように言っておくけど、悪役からの滅亡ルート自体は回避できたんだよ。要は悪事さえ働かなきゃいいだけなんだから。

だから後はもう、周りに迷惑を掛けないよう、自分の好きなように人生を謳歌するはずだったんだ。貴族を辞《や》めれば未来の選択肢にはかなり自由が利《き》く。纏まった金を手に入れれば商売を始めるもよし、芸術家になるもよし、農業を営むのもよし、何だったらファンタジー小説よろしく、気ままに魔術を極める道を選ぶのも良かった。

だがもうそういった将来を自由に選ぶことはできなくなったのだ。それは何でかって？

正直、口に出すのは恥ずかしいから誰にも言えないんだけど……まぁ、あれだ。好きな女ができたってだけの話だ。

色恋だけで自分の将来が狭《せば》まるなんて大げさと思うかもしれないが、実はそうでもない。その女は人生を懸けて口説かなければ、到底結ばれない相手だから。

何せ……超ド級のハーレム主人公、御剣刀夜ですら攻略できなかった、非攻略対象の皇女様だし。

＝＝＝＝＝

十三歳になってしばらく経ち、本当に母が死んだ。ある日突然、朝になっても起きなくて、そのままあっさりと。

医者曰《いわ》く、心労が祟《たた》っての事だろうとのことだ。何とか母を助けられないかと色々とやってみたが、結局どれも空振り。母は最後の最後まで父を愛し続け、俺の言葉に耳を傾《かたむ》けることもなかった。

火葬だけは済まして二週間以上経つが、それが悲しいのかどうなのかは、正直分からない。冷たいと思われるかもしれないけど、それくらい俺と母の間には何もなかったのだ。

「……で、その報告をしに皇族の居城まで来たわけだが……相変わらずデカいな、この城」

大和の首都に存在する、皇族の住居にして帝国政府の中枢《ちゅうすう》である黄龍《おうりゅうじょう》城は、広大な庭園を擁した豪華絢爛《ごうかけんらん》という言葉が似合う城だった。

パッと見の外観は日本の城なんだけど、よく見てみれば要塞《ようさい》としての役割じゃなくて見栄《みば》えを重視した造りになっている。

この黄龍城は、大和が戦乱を乗り越えて平和になった後に建てられた城だから、機能性よりも権威を見せつける造りなんだろう。日本で言うところの江戸城的な？　よく知らんけど。

「報告が終わったらとっとと戻ろうと思ってたんだけど、まさか数日待たされるとはなぁ」

領地を治める貴族の当主が死ねば、国政に大きな影響が出る。公表するタイミングだって各所と相談しなきゃいけない。だから当主だった母が死んだことを黄龍城まで報告しに行くのは貴族としての義務な訳だが、肝心《かんじん》の皇帝陛下は今首都におらず、あと数日は戻ってこないのだとか。

だから今の俺は黄龍城にある客室に泊まってるわけだが……まぁ暇だ。

「金は持ってきてるから、首都を散策するのも良いんだけど……」

この金だって、将来の為の貴重な貯蓄の一部だ。無駄遣いはしたくない。

だからこうして城の庭園を散策したりしながら、今後の方針を確認したり、練り直したりしてるわけだが、まぁ何事にも限度ってのはある。

「……そういえば、この城にはメインヒロインも住んでるんだよな」

【ドキ恋】のメインヒロインであり、大和帝国の皇女である天龍院《てんりゅういん》美春《みはる》は、この世界に突然現れた主人公、御剣刀夜と出会い、護衛として雇用した人物であると同時に、原作ではこの俺、華衆院國久の婚約者でもあった人物だ。

性格はとにかく勝ち気で意地っ張りな典型的ツンデレキャラ。そして貧乳。正直に言って個人的な好みからは外れているし、刀夜のハーレムメンバー代表みたいな奴だから関わらないようにしてたんだが、ちょっとくらい顔を見てみるのも良いかもしれない。

「言わば敵情視察って奴だな」

なにせ相手は大和帝国全土を巻き込む壮大《そうだい》なシナリオの中心的人物。顔を確認しておくだけでも価値はあるし、もし顔を合わせることがあれば、無害アピールくらいはしても良いだろう。これから貴族を辞めるから関わることもなくなるんだろうけど、やっておいて損はない。

俺自身に悪評は立っていないはずだし、婚約話も持ち上がっていないから、悪くは思われていないはずだ。

「さて、そうと決まれば天龍院美春がよくいたっていう池の周りを……」

その時カランという、硬くて軽い何かが石畳《いしだたみ》の上に落ちた……そんな感じの音が聞こえてきた。

一体なんだろうと振り返ってみると、まず目に入ったのは誰かの足元に落ちている般《はん》若《にゃ》の面だ。留《と》め紐《ひも》が劣化《れっか》して千切れてしまったのか、不格好《ぶかっこう》に千切《ちぎ》れた紐が付いた般若面の持ち主であろう人物は、クタクタに着古された灰色の着物を纏った小柄な女性だ。

「……あん？」

皇族の居城である黄龍城で、襤褸《ぼろ》の着物？　普通、城にいる人間というのは身なりがしっかりしているもんだろ。

少なくとも貴族や宮仕えの人間じゃない。だったら下働きか何かか？

「……え？」

そう思って顔を見て、俺は思わず固まった。理由は二つ。一つは、俺がその人物の事を原作知識として知っていたからだ。

「……て、天龍院雪那《せつな》、皇女殿下……⁉」

俺は何とか敬称を付けて呼びながら、右膝と右拳を地面に付けてその場に跪《ひざまず》く。

何を隠そう彼女……天龍院雪那はメインヒロインである美春の腹違いの姉であり、大和帝国の皇帝の正室の娘……マジモンの皇女様であり、【ドキ恋】の登場人物だ。

不意打ち同然に原作キャラと顔を合わせたことに慌《あわ》てもしたが、それ以上に俺を驚かせたことがある。

（……うっそだろ……⁉　原作キャラって、実際に生で見るとこんなに可愛いの……⁉）

抜けるような白い肌と、白桜のような淡い色の髪。どこまでも澄《す》んだ濃い赤色の瞳。消えてしまいそうなくらい儚《はかな》くて華奢《きゃしゃ》で年相応《としそうおう》に小柄な体だが、数年後には今は平たい胸が大きく膨《ふく》らむことを、転生者である俺はよーく知っている。

正直、原作ヒロインなんて見てもなんとも思わねーよって思ってたし、実際に他の原作ヒロインと面識を得た時はなんとも思わなかったけど、なんだこれ？　驚きとか興奮とか、色んな意味で心臓バクバクしてる。

「お初にお目にかかります、殿下。俺……私は華衆院家嫡男、國久と申します。本日は皇帝陛下にご報告があって登城《とじょう》させていただいた次第です」

「あ、あの、顔を上げてください……私などにそんな畏《かしこ》まる必要は……」

跪く俺を見てオロオロと狼狽《うろた》えた声を出す雪那。鈴を転がすような聞き心地の良い声だ。声まで可愛いとか、もう反則だろ……！

言われて顔を上げてみると、雪那は両手の指を捏《こ》ねながら真紅の目の眉尻《まゆじり》を下げて、所在なさげな不安そうな表情を浮かべている。不謹慎《ふきんしん》だが、そういう仕草《しぐさ》にすら目を奪われる。

もうね、メインヒロインの美春の事なんて頭から完全に吹っ飛んだ。雪那との出会いは、俺にとってそれくらい衝撃的だったのだ。

(だって仕方ないじゃん！　原作キャラの中じゃ一番好きなキャラだったんだもん……！)

ストーリーはともかく、単体で見れば魅力的なキャラが多いのが【ドキ恋】というゲーム。その中でも俺が一番好きだったのが、何を隠そう天龍院雪那だ。

そんな決して触れ合うことができない空想上の人物だと思っていた相手が今目の前にいる……その興奮は、想像を絶するものがあった。

「しかし私はあくまで臣下《しんか》ですし、貴女は我が国の皇女です。敬意を表するのは当然のことだと思いますが」

「で、ですが……私などに跪くところを誰かに見られれば、貴方までよからぬ噂を立てられてしまいます。私は気にしませんから、どうか立ち上がってください」

皇女とは思えないほど自己肯定感の低いセリフを聞いて、俺は彼女の境遇を思い出す。

この国にはファンタジー作品の定番と言っていいモンスター……この国じゃ妖魔と呼ばれる人間にとっての敵性生命体が存在するんだが、その妖魔《ようま》たちの目が総じて血のように赤い事から、赤目の人間は忌み子《いこ》だという根拠薄弱《こんきょはくじゃく》な迷信が蔓延《はびこ》っている。

天龍院雪那は、大和帝国正妃の第一子として生まれながら、生まれついての赤目の持ち主だ。

もちろん、皆がそんな下らない迷信を信じている訳じゃない。しかし妖魔の被害が多いこの国では、そんな根拠のない迷信を信じ込んでいる奴が一定数いる。頭の痛い事に、貴族や皇族の中にもな。

そうなれば、彼女の身に何が起きたのかは想像するのが容易《ようい》だろう。特に権力者っていうのは醜聞《しゅうぶん》を恐れる生き物で、忌み子の証である赤目の人間を庇《かば》い立《だ》てすれば、自分たちまで風評被害《ふうひょうひがい》に晒《さら》されかねない。

だから雪那は、家族にも臣民にも疎《うと》まれ、終いには皇族の恥として黄龍城の片隅にあるボロい庵《いおり》に押しやられた挙句《あげく》、「その醜い目を見せるな」と仮面で顔を隠すことを強

要された。

しかしそこはハーレム作品に出てくる美少女。主人公の行動によって雪那を見る周囲の目が変わっていき、立場が向上する兆《きざ》しが見えたのだが……シナリオライターの性格の悪さが出ちゃったのか、後々とんでもない悲劇に見舞われた挙句に悪堕ちして、最後には殺されるという、ハーレム主人公の刀夜ですら攻略できずに救えなかった、非攻略対象なのだ。

人気も高かっただけあって、そのあまりに救いのない結末によって【ドキ恋】という作品の評価を真っ二つに割ったキャラである。大勢のプレイヤーから制作会社に非難の声やら、雪那生存ルートを求める声やらが殺到《さっとう》したものだ。ちなみに俺もちゃっかり雪那の個別ルート作れってクレーム入れてた。

「ごめんなさい。私などと会ってしまったばかりに……さぞ不快だったでしょう……」

促されて立ち上がると、雪那は本当に申し訳なさそうな声で謝りながら般若面を拾い上げる。それを聞いて俺は思った……そのセリフ、原作でも聞いたなって。

主人公の刀夜にも似たようなシチュエーションで同じことを言ってたんだけど、ゲームじゃ刀夜はどんなセリフを言い返したんだっけ……？　もう忘れてしまった。

でも今ここで、何か言わなきゃいけない。そんな直感に突き動かされるがまま、俺は口を開いた。

「なぜ貴女が謝る必要があるのですか？　貴女は何も悪いことなどしていないではありませんか」

「……え？」

出てきたのは紛《まご》う事ない俺の本音だった。特に考えて口にした訳じゃない。ただ本音で話さなければ、この人には響かないんじゃないかって、そう思っただけだ。

「殿下、貴女の話は私の耳にも入っています。確かに貴族ともなれば外聞を気にしなくてはならないでしょう。……ですが私から言わせれば、目の色一つでゴチャゴチャ言ってくる器の小さい連中に何を言われようと、痛くも痒《かゆ》くもないんです」

確かに今のご時世、学説的根拠よりも迷信が信じられる傾向が強い。でもこちとら多様性社会で生きてきた元現代日本人の転生者だ。どこの誰が雪那を悪く言おうと、「だから何？　根拠と証拠は？」って感じである。

「それに、会って間もないのに言うような事じゃないと思うんですけど……自分に対する礼儀《れいぎ》よりも、真っ先に私の評判を心配してくれた貴女は、他人を思いやれる心の持ち主だって、私はそう思いましたよ」

人によっては卑屈《ひくつ》だと感じるかもしれない。でもどんな形でも誰かに優しくできるなら、それは悪い事じゃないはずだ。

原作を知っているからとか、そういう話じゃない。こうやって実際に会って俺が感じたことをそのまま口にすると、雪那は目を見開いた。

「………そのように言ってくれる人は稀《まれ》です」

そしてようやく申し訳なさそうな表情を崩した雪那は、眉尻を下げながら花が綻《ほころ》ぶように笑った。

「ありがとうございます、華衆院殿。貴方の言葉、本当に嬉しかった」

「…………」

この時、俺の胸にでっかい矢が突き刺さるような衝撃を受けた気がした。ハートを撃ち抜かれたって、多分こういうことを言うんだろう。

その後、挨拶《あいさつ》もそこそこに雪那と別れ、しばらく経ってからも、余韻《よいん》がいつまでも残り続けている。この感情の正体が分からないほど、俺は鈍感系じゃない。

「……やられた。してやられた」

ぶっちゃけ原作キャラと深く関わる気なんてなかった。当初の目的通り、平穏《へいおん》に生きようと思ったらそれが一番だから。

そりゃあ雪那は一番好きなキャラだったから、何らかの形で助けようとは思ったけど、その後はハーレム主人公様に丸投げする気満々だったんだよ。そうすれば後は上手《うま》くいくって。

でもさ……美少女に性格の良さの片鱗《へんりん》を見せられた上に笑顔なんて向けられたら、前世含めて三十年以上は女子と接点の無かった童貞には効くんだわ。

美少女の笑顔にコロッといっちまうんだから、男ってのは賢そうに振る舞っても、結局は単純な生き物らしい。

「母上……今ならクズな夫でも待ち続けたあんたの気持ちが、少しだけ理解できるよ」

恋愛っていうのは理屈じゃない……そう思い知らされた今日この時。悪役転生者の俺は、非攻略対象の皇女様に一目惚《ひとめぼ》れしてしまったのだった。

壱章――華衆院國久の婚約騒動

結婚してぇ……天龍院雪那《てんりゅういんせつな》と結婚してぇよ……。

転生して初めて雪那と出会ったその日の夜、黄龍城《おうりゅうじょう》の客室で俺はすっかりその願望《がんぼう》に囚《とら》われていた。

あの後、美春《みはる》を始めとした黄龍城にいる他のヒロインの顔を見に行ったんだけど、雪那に出会った時ほどのインパクトはなかった。元々好みの見た目からは掛け離れていたんだけど、他のヒロインだって客観的に見れば負けず劣《おと》らずの美人・美少女っぷりなのにな。

「今まではどうやって貴族を辞《や》めて自由気ままに生きるのかを念頭に置いて来たのに、もうそんな事はどうでもよくなってる……恋は人を狂わせるって聞くけど、まさにこの事か」

しかもそれが嫌だとは全然感じない。むしろ不自由一つで雪那をモノにできるなら、俺は喜んで不自由な人生を歩んでも良い。

こんなのは優先順位の問題だ。俺にとって自由気ままな生活よりも強く求めるものができた……ただそれだけのこと。こんなにも強い渇望《かつぼう》を抱いたのは、前世を含めても初めてだ。

「……思えば、前世の俺は良くも悪くも普通の人間だったな」

極々平凡《ごくごくへいぼん》で幸せな人生を謳歌《おうか》していたと思う。しかし、ただ時間と労力が無駄《むだ》になる可能性を恐れて、何事にも挑戦しない、ひたすら安定を求めるだけの人生でもあった。

それが悪い事だなんて今でも思っちゃいない。ただ、「まだまだ寿命《じゅみょう》は残ってるから」と、その内リスクを負って挑戦したくなるようなことができるだろうと気楽に構えていて、最後にはあっけなく事故死。それが俺にとっての心残りだった。

そして俺は無意識の内に前世と同じような人生を繰り返そうとしていた訳だが、妖魔《ようま》なんて化け物がいるこの世界、人間いつ死ぬかも分からない。

「だったら今回の人生こそ後悔しないように、望んだモノを死に物狂いで獲《と》りに行ってやろうじゃねーの……！」

ここからは方針転換だ。大和帝国《やまとていこく》皇女にして、ハーレム主人公でも攻略できなかった非攻略対象、天龍院雪那をモノにする……！

その為にはまずどうすればいいのか、頭の中であらゆる情報を整理する。

「この世界……というか原作って、和風ファンタジーを謳《うた》ってはいるけど、なんちゃって和風なんだよな」

【ドキドキ♡あっ晴《ぱ》れ戦姫恋愛絵巻《せんきれんあいえまき》】の世界観は日本の歴史とかあんまり参考にしていない。WEB小説の隆盛《りゅうせい》に乗っかったのか、魔術ありモンスターありで、国の制度とかは西洋ファンタジーによくありそうな感じの、なんちゃって和風ファンタジーだ。

科学の常識を超えた魔術と、それによって生み出された魔道具のおかげで、薪《まき》や井戸、氷室《ひむろ》に頼らない程度には文明レベルは高いので、現代知識と魔術による技術発展とかはあまり望めない……そんな世界で、皇女をモノにする必要があるわけだ。

「まず大前提として、雪那の破滅ルートは絶対に回避させないと」

死んだらお付き合いも結婚もできないし、俺にとって当たり前の目的だ。

「となると問題なのは、雪那が闇堕ちしてしまう原因を、どう取り除くかだな」

俺は目を閉じて、【ドキ恋】のシナリオで語られた、天龍院雪那が闇堕ちする経緯《けいい》をもうちょっと詳しく思い出す。

もちろん、忌《い》み子《こ》として虐《しいた》げられてきたことだって闇堕ちする理由の一端《いったん》になる。そういったものが積み重なって鬱憤《うっぷん》が溜まっているのは間違いないはずだ。しかし雪那にとってそれは闇堕ちの切っ掛けにはならない。

作中で雪那が闇堕ちした最大の切っ掛け……それは大切な人物を惨殺《ざんさつ》されたことにある。

「田山宮子《たやまみやこ》……皇族の就職斡旋《しゅうしょくあっせん》政策の一環で黄龍城で働いている平民出身の下働きで、雪那にとって幼馴染《おさななじ》みにして唯一《ゆいいつ》の理解者……だったな」

今世では直接顔を見ていないけど、ゲームで見た感じだと明るい茶髪とソバカスがチャームポイントの、天真爛漫《てんしんらんまん》で優しい性格をした少女で、雪那の侍女《じじょ》みたいなポジションだ。

本来貴人の侍女となると、それなりの後ろ盾がある人間じゃないとなれないんだけど、冷遇されている雪那に真っ当な侍女が与えられるはずもなく、平民の下働きがその役目を押し付けられたって感じだ。

「前向きで明るい宮子が近くにいたおかげで雪那は優しさを失わずに育つ……が、ラスボスの謀略《ぼうりゃく》によって宮子は家族諸共《もろとも》殺されて、雪那は闇堕ちする」

【ドキ恋】のラスボスは「人間を滅ぼして妖魔の国を作ってやるぜ」的な事を目的としている、典型的な魔王タイプだ。そんなラスボスがなぜ雪那を狙《ねら》ったのか……それは、天龍院家の人間に稀《まれ》に宿るという、龍印《りゅういん》と呼ばれる力が雪那に宿ったからだ。

基本的に人間の魔力というのは体内で生成されるものなんだけど、この龍印を宿した人間は大地から……正確にはこの星から無尽蔵《むじんぞう》に魔力を供給することができるという、言わば魔力無限チートみたいなもんだ。

「原作じゃあ雪那が十五歳……つまり二年後には龍印が突然宿るはずだ」

タイトルに戦姫なんてワードがあるだけに、ゲームの舞台である大和帝国は武を重んじる国だ。実際皇族や領主たちは前線に立って妖魔と戦って平和を守っているから民衆に慕《した》われているところが大きい。

そんな国だから、龍印なんていうチートを持った皇族はそれだけで次の皇帝と決まったようなもんなんだけど、雪那は忌み子として疎《うと》まれてきた人間だ。周囲の人間の多くが雪那を腫《は》れ物扱《ものあつか》いし、終《しま》いには化け物呼ばわりするようになって、雪那は庵からも出られない生活を強《し》いられるようになった。

「そんな隙を、ラスボスが見逃すはずもない……か」

無限の魔力を持つ人間なんてラスボスからすれば脅威《きょうい》でしかない。わざわざ人間を唆して、宮子とその家族を殺させるという謀略を巡《めぐ》らせることで、雪那に人間への憎悪を宿らせ、その上で宮子を蘇《よみがえ》らせる魔術を教えると提案するという、とんでもないマッチポンプ戦略で闇堕ちさせて、主人公勢との同士討ちを狙ってくるのだ。

そして主人公の刀夜と、メインヒロインの美春と戦うことになるんだが、その時のイベントは今でも忘れられない。

――……もう止まれませんよ……刀夜《とうや》さん……！

燃え落ちる黄龍城で、泣きながら歪《ゆが》んだ笑みを浮かべる雪那のCGと一緒に流れるセリフは、思い出すだけで胸が抉られるようだ。

そして結局、雪那は刀夜と美春によって倒され、今際の際にこれまでの行いを反省した雪那は最後の力を使って龍印を美春に譲渡《じょうと》し、宮子の事を想いながら息を引き取る。

刀夜は雪那の死を乗り越えて、ヒロインたちを引き連れてラスボスを倒す為に全国を巡る旅に出る……というのが、【ドキ恋】の第一部、首都壊滅編の顚末《てんまつ》だ。最終的に刀夜が国中から集めたハーレムメンバーと一緒にラスボスを倒し、めでたしめでたし――

――


「になるわきゃ無いだろぉおおおおおっ！」

雪那側からすれば全然めでたくないから！　完膚《かんぷ》なきまでのバッドエンドだから！　最推しキャラが途中で死んだ前世の俺なんか、首都編が終わった後は惰性《だせい》でプレイさせられたから！

こんな未来を断じて認める訳にはいかない……雪那の未来を守る為、俺の幸せ結婚生活の為、やるべきことは大きく分けて三つ。

「一つ。まずは華衆院家の家督《かとく》を継《つ》がないとだな」

疎まれているとはいえ、皇女を娶《めと》るとなるとそれなりの家格が必要だ。今まで重荷にしか感じなかったけど、名門である華衆院家当主の座は、雪那と結婚するのに必須《ひっす》の肩書だ。面倒事くらい必要経費と割り切れる。雪那を幸せにするのにも経済力は必要だし。

「二つ。二年以内に雪那と宮子、そして宮子の家族全員を華衆院領に移住させる」

二年後には雪那に龍印が宿る。そうなれば皇族は決して雪那を手放さないだろう。そうなる前に雪那を華衆院家で引き取る必要がある。そうなれば後はこっちのもんだ。龍印が宿ってもそれを隠してしまえばどうとでもなる。

「三つ。俺自身が強くなる必要がある」

先述した通り、大和帝国は武を重んじる国だ。領主たちは何かにつけて力で解決する方針だし、原作の第一部で皇帝が死亡し、第二部以降は各地で内乱が起こるようになる。

華衆院家の家督を継ぐ以上、妖魔やら他の領地の相手をするのは俺になる。ラスボスの事もあるし、どれだけ強くなっても足りないくらいだろう。

「少なくとも、御剣《みつるぎ》刀夜よりも強くて裕福な良い男にならないとな」

何せあまりに簡単にモテるもんだから、催眠《さいみん》アプリ入りのスマホでも持ち込んでるんじゃないかと、プレイヤーから疑惑を持たれてる奴だ。額面上のスペックで圧倒《あっとう》して、ようやく対等と言ったところだろう。無事に雪那の生存ルートに入れても、刀夜が雪那のフラグを全力で立てに来ても困るし。

「よしっ。そうと決まれば、まずは一と二から片付けないとな」

そう判断した俺は手紙を書いて早馬で領地に送り、皇帝との謁見《えつけん》に臨《のぞ》むことにした。

ここからは崩すまいと思っていた原作シナリオを木《こ》っ端《ぱ》微塵《みじん》にすることになるが、もうそんな事は知ったこっちゃない。

かかって来やがれハーレム主人公。かかって来やがれ攻略対象たち。かかって来やがれ妖魔ども。そしてかかって来やがれ原作シナリオ！　お前らの好きにはさせん。誰が相手だろうと、雪那との幸せ結婚生活の為に、邪魔する奴は全力ではっ倒してやるからな！

＝＝＝＝＝

皇帝が黄龍城に戻ってきた翌日。謁見の準備が整ったという報告を受けた俺は、正装に着替えて謁見を行う大広間に来ていた。

「大儀《たいぎ》である、國久《くにひさ》。華衆院家当主の訃報《ふほう》、確かに聞き届けた」

上座に座る大和帝国の皇帝、天龍院玄宗《げんそう》に向かって胡坐《あぐら》をかきながら両拳を床に付けて頭を下げる俺の両脇には、帝国政府の中心的人物である家臣団《かしんだん》がズラリと並んでいて、その中には【ドキ恋】の攻略対象であるヒロインが三人交じっていた。

（将来、雪那を殺すことになる天龍院美春……そして皇族直属の軍を預かる二人の将軍、柴元幸香《しばもとゆきか》と月島菜穂《つきしまなほ》だ）

気の強そうな青い目をしたピンク髪の少女がメインヒロインの美春。そして豊かな黒髪をポニーテールにした背の高い女が幸香で、温和《おんわ》そうな顔をした亜麻色《あまいろ》の髪の女が菜穂だ。

この二人は【ドキ恋】の第一部に登場する年上枠のヒロインで、皇族直属の軍を取り仕切る二枚看板の将軍だ。個人の武力でも作中上位に位置するキャラで、少なくとも今の俺だと逆立ちしても勝てない。

第一部に登場するヒロインは他にも大勢いるけど、この謁見の間に同席できるだけの立場を有した人間はこの三人だけだ。

(それにしても改造着物とは……さすがはハーレムエロゲー。公的な場でも萌え系ファッションがまかり通る文化には恐れ入るぜ……!)

美春たち三人……というか、【ドキ恋】の女キャラは、ミニスカ着物だったり、フリル付きの着物だったり、ヘソ出し着物だったり、ショートパンツと合わせた着物だったりと、もう日本古来の着物っていう感じじゃない、改造着物を着ている奴の方が圧倒的に多い。今美春が着てるのもミニスカ着物だし。

幸香や菜穂みたいな年上ヒロインは比較的落ち着いたデザインの服を着るけど、それでも着物って言うか現代風ファッションを取り入れたようなデザインの奴だ。鎧《よろい》を着た立ち絵も全ヒロイン分用意されてたけど、防御力がビキニアーマー並みだし。ちゃんと

した和風って感じの服を着てるのって、雪那や宮子くらいなもんじゃないか
「先の当主、華衆院優姫《かしゅういんゆうき》には心より追悼《ついとう》の意を捧げる。領地の運営に関しては、其方《そなた》が成人するまでの間は父である前久《まえひさ》を当主代理とするのが良かろう」

「その事なのですが、陛下。私は領地に戻り次第、父である前久を生家《せいか》である五条家《ごじょうけ》に戻そうと考えております」

元々は貴族を辞める旨《むね》を伝えるはずだったこの場で、実の父を追放する発言をした俺の言葉に周囲は騒《ざわ》めく。

まぁ気持ちは分かる。後継者が成人を迎える前に当主が死んだ場合、当主の伴侶《はんりょ》や親族が代理として仕事をするのが慣例だ。ウチの場合、それが父親である前久になるわけだが、それは代理人としての資格を持った人間が、きちんと仕事をしていた場合の話。

「母である優姫は領主として民と土地を栄《さか》えさせてきました。それはこの十年で発展した華衆院領を見ても明らかであると自負《じふ》しております……が、そんな母に婿入《むこい》りした父の前久は、政務を助けることもなく華衆院家の財産を我が物顔で使って愛人の家に入り浸り、我が居城である饕餮城《とうてつじょう》にはここ十三年以上もの間帰ってきておりません」

それを聞いた皇帝陛下は顔を歪《ゆが》め、家臣団の口々から父の行いに対する非難の声が漏れるのが聞こえてくる。

そりゃそうだ。一夫多妻制《いっぷたさいせい》が認められている国とは言え、たかが入り婿の分際《ぶんざい》で華衆

院家当主である母と実子である俺のことなど一顧だにせず、働かずに愛人と遊んで暮らしてるなんて聞かされれば、誰だって眉《まゆ》を顰《ひそ》めるだろう。……まぁ惚《ほ》れた弱みでそれを許したのは、他でもない母なんだけど。

ぶっちゃけ、俺が当主になるのに父が邪魔なんだよね。あのオッサンが俺を差し置いて自分の娘を華衆院家の当主に据《す》えようとしてるの、原作知識で知ってるし。

「そもそも、父は領地運営の経験もなければ、まともに学んだこともないそうです。そのような者を当主代理に据えれば、領民たちを不幸にするだけであろうと愚考《ぐこう》いたします。幸いにも華衆院家の家老《かろう》を始めとした臣下たちは皆優秀かつ忠義者《ちゅうぎもの》ばかり。未《いま》だ成人にも至っていない若輩者《じゃくはいもの》の私ですが、次期当主として臣下たちから学び、臣下たちの力を借りながら領地を富《と》ませ、大和帝国の発展に貢献《こうけん》する所存にございます」

たった十三歳の子供が皇帝を前にして堂々とそう言い切って、礼儀正しく頭を下げる姿に、周囲から感嘆《かんたん》の声が漏れる。

この世界に転生してから、俺は惰性《だせい》で過ごしてきたわけじゃない。勉学や武術、魔術に作法と、様々な事を華衆院家の嫡男として学んできた。その中には当然、人の上に立つ為の帝王学だって含まれている。

次期当主としての教育なんて言われてもモチベーションが上がらなかったんだけど、技術や知識ってのはどこに行っても役立つと思って真面目に覚えた。それが今まさにこの時に役立ってるんだから、俺の判断は間違ってなかったらしい。

「前久の良くない噂は聞いていたが、それほどとは……良いだろう。人をやって様子を見させてもらうが、華衆院領の運営は其方に一任する。見事、領地を治めてみせよ」

「ありがとうございます。必ずや、陛下のご期待にお応えいたします」

よっしゃ、皇帝の言質は取った。母の死はまだ公表していないから父は知らないはずだし、これから領地に戻って父が当主代理の座を求めてきても、心置きなく追い返せる。

「つきましては陛下。華衆院家次期当主として、お願いしたいことがございます」

「何だ？　申してみよ」

「私と天龍院雪那殿下との婚約です」

この言葉に、辺りは騒然《そうぜん》とした。そりゃそうだろう、忌み子として冷遇《れいぐう》されている皇女と結婚したいなんて、連中からすればよっぽどのことだ。

本人の意思に添わない婚約で結婚を迫るのは俺としても不本意だ。しかし二年後には雪那に龍印が宿って外には出られなくなってしまうし、正攻法で皇女と婚約するのに二年はあまりに短い。雪那には後で誠心誠意謝り倒すが、彼女と結婚するにはこれしか手段がないのだ。

「ちょっとあんた！　それどういう事⁉」

家臣連中が騒《ざわ》めく中、一番過敏に反応して立ち上がったのは、雪那の腹違いの妹である美春だ。勝気なまなじりを更に吊り上げてこちらを睨《にら》んでいる。

何をそんなに睨んでくるのか……その理由は原作シナリオを知る俺は知っているが、だからといって考慮《こうりょ》してやるつもりはない。

「美春、座れ」

「ですがお父様！」

「三度目は言わん。座れ、美春」

皇帝に強くそう言われ、美春は渋々とした様子で座り直す。まぁ相変わらず俺の事を睨みつけてきてるんだけども。

「して、何故アレとの婚姻《こんいん》など望む？　一体なにを見出だしているのだ？」

上座《かみざ》から俺を不機嫌そうに威圧《いあつ》しながら問いかける皇帝を見て、誰かが息を呑《の》むのが分かった。

確かに国の長《おさ》に相応《ふさわ》しい威圧感だ。敬語が苦手で誰に対しても馴れ馴れしくタメ口で話す御剣刀夜《みつるぎとうや》が、作中で皇帝が苦手と言っていたのが理解できる……が、何とも言えない無敵感に満ちている俺の心は、凪《なぎ》の水面《みなも》みたいに穏《おだ》やかだ。愛か？　愛の力が俺をそうさせるのか？

少なくとも、雪那を〝アレ〟なんて冷たく呼ぶ奴には負けられん……俺は表面上は平静を取《と》り繕《つくろ》いながら口を開いた。

「無論、皇族と華衆院家がこれからも親密な関係を続けるためにございます。……恐《おそ》れながら、東宮大橋《とうぐうおおはし》の一件での褒美《ほうび》が遅れているようなので、金銭ではなく婚約でどうかと、愚考いたしました」

東宮大橋は皇族直轄地《こうぞくちょっかっち》である首都の東側に架《か》かっている、交易の要《かなめ》である大きな橋だが、数年前に崩れて首都は経済的に大ダメージを受けたことがある。

それをいちはやく助けに入って橋を修理したのが、他でもない華衆院家だ。その働きに対して皇族は「必ず褒美を渡す」と約束したんだが、正直に言って今の皇族は貧乏《びんぼう》だ。華衆院家や他の貴族の方がよっぽど金持ちだし。

結局、褒美は数年経って母が死んでからも渡されていない。端的に言うと、皇族は華衆院家に大きな借りがあるのに、未だに返せていない状態にある……この事実が、雪那と婚約するための俺の切り札だ。

「……素晴らしい話ではございませんか？」

「政府は華衆院家に借りを返せて、華衆院家は皇族との縁が繋がる。どちらも得ができる婚約ではありませんか！」

「國久殿はまだお若いのに、話が分かる御仁《ごじん》だ！」

「陛下！　この話、断るべきではございませんぞ！」

思惑通り、この提案に真っ先に飛び付いたのは家臣団の連中だ。こいつらからすれば二年後に雪那に龍印が宿るなんて思いもよらないだろうし、雀《すずめ》の涙《なみだ》程度とはいえ世話にも金が掛かる忌み子を俺に差し出すだけで借金が帳消しになるんだから万々歳だろう。

「「…………」」

まぁその中で三人ほど……攻略対象のヒロイン連中は、それぞれ何とも言えない微妙な顔をしてるけど。

こいつらは別に、他の家臣みたいに迷信を心から信じてるわけじゃないからな。俺が雪那をどうするつもりなのかが気になるんだろうが、全く以《もっ》て無駄な心配だ。俺の全身全霊を懸けて幸せにするから、そこは安心してほしい。

「ふむ……確かに互いの利になる話だ。相分かった、その申し出を受けようではないか。……ただし、アレには碌《ろく》に教育を受けさせておらぬが、それでも良いな？」

「問題ありません。華衆院家の女主人としての教育はこれから受けていただければ良いだけの事ですので。つきましては……雪那殿下には我が領に移って、そこで教育を受けていただきたいのですが」

「いいだろう。良きに計《はか》らえ」

「ありがとうございます。陛下のご英断によって、華衆院家はこれからも天龍院家の忠実な臣下であり続けることでしょう」

俺は慌てて大きく頭を下げる。礼儀作法《れいぎさほう》の一環でもあるんだが……それ以上に、顔がニヤけるのを止められないから。

……やった。やってやったぞ！　大目標の一と二を早速コンプリートだ！　ぶっちゃけ、俺には皇族への忠誠心もないし、皇族との縁続きなんてどうでもいいから、今の今まで建前と口実の言葉しか吐いてなかったんだけど、面白いくらい上手くいって本当に良かった！　もうね、許されるなら今すぐ小躍《こおど》りしたいくらいだ！

正直、俺の本音にどこまで気付いているのかは知らないが、皇帝にとっても雪那は疎ましい存在であることは原作知識で知っている。分の良い賭けだと高を括《くく》って挑んだ甲斐《かい》があった！

「それでは、東宮大橋普請に対する報酬《ほうしゅう》に関する契約書は、領地に戻り次第破棄《はき》するように動きますので、私はこれにて失礼します」

最後に一礼だけして立ち上がり、俺はそそくさと謁見の間を後にした。

これで大きな山場を一気に二つも乗り越えた。あとは武力を継続的に鍛えるとして……領地に戻る前に、雪那に挨拶をしないとだな。当人の与《あずか》り知《し》らぬところで婚約したことを詫《わ》びないとだし。

＝＝＝＝＝

皇帝への謁見を済ませた翌日。領地に戻るという日になって雪那との面会を取り付けた俺は、彼女が住んでいるという庵《いおり》に足を運んでいた。

とても皇女が住んでいるとは思えないほど小さくてみすぼらしい庵だが、よく辺りを見てみれば雑草とかは生えていない。結構頻繁《ひんぱん》に手入れがされた跡があった。

「雪那皇女殿下、この度は私の為に時間を取っていただき、ありがとうございます」

「よくお越しくださいました、華衆院殿。どうぞ中へ」

話を既に通していたからか、外で出迎えてくれていた雪那に誘われる形で庵の中に入ってみると、マジで小さい建物だと実感する。

転生してからというもの、饕餮城という豪邸で暮らしてきた俺からすれば、物置ぐらいにしか感じない広さだ。着ている服のみすぼらしさといい、雪那はずっとこんな小さな庵に押し込められて冷遇されてきたんだと、改めて思い知った
「何もてなせない上に、古くて汚れの目立つ庵の中に華衆院家の嫡男《ちゃくなん》をお招きするのは恐縮ですが……」

「どうか、お気になさらずに。確かに古い建物だとは思いますが、よく手入れされてい

るのが見て分かる。こちらは殿下の侍女殿が？」

「いえ、侍女という訳ではないのですが……城の下働きの中に、私などにとても良くしてくれる者がいて……」

「それは素晴らしい。その者は単なる下働きにするには勿体《もったい》ない、実に良い仕事をするのですね」

「あ……ありがとう、ございます」

下働きの人間……つまり、幼馴染みの宮子が褒《ほ》められて、雪那は嬉しそうに微笑《ほほえ》んだ。そういう控《ひか》えめな笑い顔も滅茶苦茶《めちゃくちゃ》可愛いじゃねーかよ、チクショウめ！

今の会話の流れは、原作知識ありきで狙って作ったものだ。ズルしてる気分にはなるが、おかげで好感度が上がったのを自覚できる反応を見せてくれた。雪那との幸せ結婚生活の為なら、金だろうが身分だろうが原作知識だろうが、なんでも利用してやろうじゃないか。

それに別に嘘を言ってるわけでもないしな。古いけどよく手入れされてるのは本当の事だ。

「さて……では本題に入るのですが、私との婚約の経緯は、確《しか》とお耳に入りましたか？」

「は、はい……！」

きゅっ……と、膝《ひざ》に置かれた手を握りしめる雪那。多分、不安なんだろうな。ついこの間会ったばかりの男といきなり結婚だなんて聞いたら、誰だってそう思うだろうし。

「まずは……殿下のご意思を尊重せずに、金に物を言わせて貴女を娶《めと》るような真似をしたことを、心よりお詫《わ》び申し上げます。本当に、申し訳ありませんでした」

俺は畳《たたみ》に額を付けるくらい深く頭を下げて土下座する。いくら政略結婚が当たり前のご時世《じせい》とはいえ、まずは相手の意思を無視したことを謝らなきゃ始まらない。

「あ、頭を上げてください。こんな私でも、皇族の姫です。国の為、民の為、政略に沿った婚姻を結ぶ日が来ることは覚悟していました。だから華衆院殿が気に病《や》む必要など、どこにもないのですよ」

「では、失礼して」

優しい雪那の言葉に従って体を起こす。

「ですが……疑問に思うこともあります。どうして華衆院殿は私などを娶ろうと思ったのでしょう？　知っての通り、私は忌み子と呼ばれる皇女です。そんな私の悪評は、華衆院殿にとっても足枷《あしかせ》となり得ると思うのですが……」

ジッと、真紅《しんく》の瞳でこちらを見てくる雪那を見つめ返し、俺はここが一つの分水嶺《ぶんすいれい》だと思った。

皇帝は雪那に碌な教育を施《ほどこ》していないと言っていたが、皇女は皇女。そんじょそこらの田舎貴族よりかはまともな教育を受けているみたいだし、自分の置かれた立場がどういうものなのかを理解しているんだろう。彼女の疑問は当然の事だ。

ここで俺に突き付けられた選択肢は、建前を用意するかしないかだが、前世含めても彼女一人作ったことがない俺の本音の部分は「正直に言うのは恥ずかしいから建前を用意しろ」と叫んでいた。

「殿下。私は評判や利益の為に貴女を娶りたいわけではないんです」

「え……？」

しかし俺は理性を総動員し、本音の更に奥底にある欲求を引《ひ》き摺《ず》り出して言葉に変える。

「陛下の前では建前と口実を言わせていただきましたが……本当は、貴女を一目見た時から、貴女に心を奪われてしまったんです」

「…………え……えぇっ⁉」

俺は気恥ずかしさを捨てて、本当の本音の気持ちを真正面から雪那にぶつける。

正直に言って、女の口説き方なんて分からない。しかし、好きなのに変なプライドや羞恥心が邪魔して相手に告白できないような奴は生涯《しょうがい》独身だ。それは俺の前世が証明している。だから今世の俺は攻めて攻めて攻めまくり、好きな女に猛《もう》アプローチを仕掛けると決めたのだ。

「前にも言ったとおり、私は迷信など信じていません。皇族との縁も、究極的に言えばどうでも良いんです。ただ一人の男として貴女に惚れてしまった……今回婚約を申し込んだ理由は、本当にそれだけだったんです」

「で、ですが……たとえ迷信でも、不吉と感じる者は少なくありません。私を娶ることで華衆院殿に迷惑が……」

「そんなものは関係ありません。たとえ貴女を娶ることで破滅の未来が待っていたとしても、私は貴女が欲しい」

「……あ、あぅあぅ……っ」

茹《ゆ》で蛸《だこ》のように顔を紅潮させ、耳まで赤くする雪那を見て、俺は湧き上がる羞恥心《しゅうちしん》を全力でねじ伏せる。自分で言っててなんだけど、とんでもなくハズい……！

ただしイケメンに限る……なんて言葉があるが、マジでその通りだと思う。こんなセリフ、イケメンに生まれ変わってなかったら口が裂けても言えない。

幸いにも、オタク男子をターゲット層にしたエロゲーの悪役である華衆院國久は、プレイヤーの反感を買いやすいようにする為か、とても顔が良い。このイケメンフェイスなら、聞いてて恥ずかしくなるような臭いセリフでも様になるはずだ。

「か、からかわないでください、華衆院殿……っ！」

「からかってなどいません。これが紛《まご》う事ない本音です」

「え……あ……う……うぅぅ〰〰……！　だ、だからそれがからかっていると……うう……！」

俺が断言すると、もう何も言えなくなってしまったのか、雪那は真っ赤になった顔を両手で隠すように覆《おお》って俯《うつむ》いてしまう。

そんな反応をされると俺もますます気恥ずかしくなってくるが、ここで怯《ひる》むわけにはいかない……！

「殿下。会って間もない私に愛など囁《ささや》かれても困惑するだけというのは分かります。だから今日明日にでも私の事を好きになってほしいなどとは言いません」

俺は畳みかけるように言葉を紡ぎながら、心を鼓舞《こぶ》する。

今こそ草食系の限界を超えろ。自信に溢れた肉食系になれ……！　そしてなりきれ、溺愛系《できあいけい》ヒーローに！

「二十歳の成人式を機に、私は華衆院家の家督《かとく》を正式に継ぎます。私たちの祝言《しゅうげん》もその時に上げることになるでしょう。それまでの間に、貴女が私の事を好きになるよう、全力で口説《くど》かせていただくので、覚悟してください」

「……は……はい……」

首まで真っ赤にしてコクコクと頷く雪那。

改めて振り返ってみると、十三歳のセリフとは思えないんだが……まぁ良いだろう。

前世を含めれば三十路《みそじ》越えだし、今口にしたことは絶対に実現させるつもりなんだ。本人の前で宣言して、自ら逃げ場を塞《ふさ》いでおけば、後はもう前進あるのみだ。

「それでは、名残惜《なごりお》しいですが時間も押しているので俺はこれにて失礼します。殿下を我が領にお迎えするのにしばらく準備の時間が掛かりますが、それまでの間は首都に建ててある華衆院家の別邸《べってい》でお寛《くつろ》ぎください。……もちろん、信頼できる下働きを連れて行っても構いませんよ。陛下の許可は既にとってありますので」

そう言い残して俺を後にし、俺は早歩きで馬を預けている厩舎《きゅうしゃ》に向かう。

正直、羞恥《しゅうち》と緊張で心臓バクバクだ。よく最後の最後まで噛《か》まずに話せたなって、自分でも感心してる……！

「別邸は使用人が常駐してるから、すぐに使える状態だ。あとは迎えに行けるように手続きを済ませて、それから……っと」

これから忙《いそが》しくなる予定を頭の中で整理しながら庭園を進んでいると、向かい側から美春が歩いてきているのが見えた。その後ろには、幸香と菜穂の姿もある。

俺は美春に道を空けて頭を下げ、通り過ぎるのを待つ。しかし面倒なことに、美春は俺の前で立ち止まってしまった。

「ねぇ、ちょっと聞きたいことがあるんだけど」

「はっ。何でございましょう？　殿下」

……チッ。面倒くせぇな……これから忙しくなるって時に、一体なんだよ？

まぁこんな本音は出せないから表面上は平静を保ってるわけだが、そんな俺に美春は聞いてきた。

「昨日はお父様に止められて聞けずじまいだったけど、あんた……あの人に結婚なんて迫って、どういうつもり？」

父親が同じでもあまり似ていない、雪那の腹違いの妹は、露骨《ろこつ》なまでに警戒心を滲《にじ》ませた目で俺を睨んでいる。

まぁ……雪那が心配だからそう言ってきてるんだろうなってのは分かる。それは後ろの二人も同じだ。ポッと出の男がいきなり姉を、主筋の人間を掻《か》っ攫《さら》っていくんだから、心中穏やかじゃないだろう。……だからって、配慮してやるつもりはないけど。

「どういうつもりも何も、先日お話ししたことが理由ですが……なぜそのような事をお聞きになるのです？」

「だって……だっておかしいじゃない！　あの人は、その……！」

どうにも要領を得ないが、言わんとしていることは何となく分かる。

今でこそ雪那を「あの人」なんて他人行儀な呼び方をしてるけど、宮子と出会う前の雪那と美春は仲が良かったらしい。しかし雪那は父親からも家臣からも忌み子と疎まれる存在。そんな人間に帝位継承権一位である美春が近づくことを良しとするはずもなく、二人は周りの大人たちの手によって距離を取らされた。

（そこに関しては同情するよ。相当逆らい難《がた》い状況だったんだろうなってことくらいは想像つくから）

でもどんな理由があろうとも、美春が「大人に怒られて怖いから」っていう保身の為に雪那から距離を取ったから、雪那を孤立させたことになったのに変わりはない。後になって罪悪感に駆られて遠くから見守るようになったとしても、結局何もしないようじゃな。

（しかもその後、罪悪感が悪い方向に転じるんだよな）

確かシナリオだと、雪那に抱いていた罪悪感が、時間や周囲の言葉、次期女帝としてのプレッシャーで歪んで、雪那に対して辛辣《しんらつ》な態度を取るようになるんだ。

今の美春が雪那にどんな態度を取っているのかは知らないけど、二年後には皇帝の証《あかし》とも言える龍印が雪那に宿ることにより、次期皇帝として教育を受けてきた自分の時間を否定されたような気持ちになって、二人の関係はより悪化。物語開始時点では、「もう一度仲良くなりたい」っていう正直な気持ちに素直になれず、顔を合わせれば暴言を吐いてしまうっていう設定だったはずだ。

（原作を所々読み飛ばしてたってのもあるんだけど、結局は雪那のことよりも周りの目を気にしてるって印象が強かったな。次期皇帝っていう自分の立場を追われるのが嫌だから、周りに同調して雪那と距離を取ってるって感じ。後ろの二人も似たようなもんで、大勢の部下を従える自分の立場と、雪那に対する罪悪感の板挟みになってるって感じだったな）

別に保身に走るのは悪い事じゃないけど、時と場合によると思う。

自分の好きなキャラを傷つけた挙句、何の償《つぐな》いもなく最終的には殺してしまうようなキャラを好きになれるはずもない。そんな前世で抱いた印象が今世にも持ち込まれているのか、正直に言って俺は美春に対してあまり良い印象を持っていないのである。

（結果的に言えば、美春は雪那を散々傷付けた挙句、最後には龍印を手にし、精神的に成長するための踏み台にするわけだ）

もちろん、そんな未来は断固阻止しなきゃならない。その結果、美春に龍印が渡らず、精神的に成長できなくても知った事じゃない。

むしろ雪那生存ルートを俺が全力で突き進むことで、二人は最善の形で和解できる可能性があるんだから、後で感謝してほしいくらいだ。雪那が望むなら、俺がそれに協力してやってもいいし。

「何もないようでしたら、失礼してもよろしいでしょうか？　急いで領地に戻らなくてはならないので……」

表面上は申し訳なさそうに言うと、美春もこれ以上は引き止められないと思ったのか、一歩後ずさる。

それを見た俺が立ち上がってこの場を後にしようとすると、今までのやり取りを見ていた幸香が、美春の代わりにとばかりに俺に話しかけてきた。

「待て、華衆院殿。最後にこれだけは聞きたい。お前は雪那殿下を悪いようにはしないのだよな？」

……なるほど。ヒロイン三人が雁首《がんくび》揃《そろ》えて俺を待ち伏せしてた理由は、それを聞きたかったからか。

まぁここは変に誤魔化《ごまか》す必要はない。正直に言ってしまおう。

「もちろんです、柴元殿《しばもとどの》。一度婚約した以上、妻となる女性が幸せな生を謳歌《おうか》できるよう尽力《じんりょく》させていただきます。……まかり間違っても、見た目を気にする他人の言葉に惑わされ、雪那殿下を虐《しいた》げるような真似は致しませんので、ご安心ください」

最後のセリフは、原作で雪那を助けることをしなかった、助けられもしなかった奴らへのちょっとした皮肉だ。

俺は苦虫《にがむし》を嚙み潰したような顔をする三人を置いて、その場を立ち去るのだった。

＝＝＝＝＝

國久が黄龍城から領地へと戻っていったその日の夜。雪那の庵の中に招かれた城の下働きとして働く少女、田山宮子は事の顚末《てんまつ》を聞いて、思わず赤くなった頰《ほお》に両手を当てて悶《もだ》えていた。

「そ、それは……何ていうか、すっごく情熱的ですね！　そんな熱心に口説かれたらと想像したら、なんだか私も恥ずかしくなっちゃいますよ！」

「は、はい……今でも思い出すだけで胸がドキドキしてて……すごく恥ずかしい……」

「女の子なら一度は言われてみたいって感じではありますけどねー。特に華衆院國久様って、名家の跡取りで将来有望な美男子だって、侍女《じじょ》や下働きの間じゃ既に話題なんですよ！　そんなお方に求婚されるなんて、さすがは姫様って感じです！」

「も、もうっ！　からかわないでください、宮子！」

キャーキャーと騒ぐ宮子に対し、昼間の事を思い出すだけでも顔が赤くなって変な汗が流れるようになっていた雪那は、「相談してよかった」と心の中で呟く。

明るく前向きな宮子は雪那にとって一番大切な親友であり、尊敬できる相手だ。そんな宮子と話していると気分も紛れてきて、フワフワと浮ついた気持ちがようやく落ち着いてきた。

（……今でも、思い出すだけで顔が赤くなってくるんですけど……うぅ、考えないようにしないと、眠れなくなっちゃう……！）

なにせ男に口説かれるなどという経験は、生まれて初めてなのだ。これまで碌《ろく》に異性と接したことのない雪那にとって、國久の告白は衝撃的すぎた。

「……でもよかった。姫様の事をちゃんと好きになってくれる人が現れたみたいで」

雪那は顔を上げて、しみじみといった様子で呟《つぶや》く宮子を眺める。その表情は喜びと安《あん》堵《ど》に満ち溢れていた。

「私ずっと悔しかったんです。姫様はこんなに良い人なのに、何で見た目だけで皆悪く言うんだろうって。大体目が赤かったら忌み子だ不吉だなんて、もう色々古いんですよ！　実際、小さい時から姫様と接してる私には何の害もなかったんだから、他の人も普通に接すればいいのに。どいつもこいつも腰抜けっていうか、心が狭いっていうか」

「み、宮子……他の人がいるところでそういう事を言っちゃ駄目ですよ……？　上役《うわやく》の耳に入ったら処罰されてしまいますから……」

「はーい、分かってまーす」

一応やんわりと注意する雪那だが、正直に言って宮子の言葉は本当に嬉しかった。宮子だって、忌み子扱いされている雪那の世話係にされて、周りから色々と言われているのに、それでも変わらず接してくれている。そんな人間は雪那にとって貴重だ。

(お母様やお父様、血を分けた妹ですら、私を受け入れることはできなかったのに……)

美春とは一時期仲が良かったこともある。まだお互いに偏見《へんけん》を抱いていない、純真《じゅんしん》無垢《むく》な幼少期の頃は、庵まで美春が遊びに来てくれたものだ。

しかし、いつの頃からか自分の立場を自覚した美春は、雪那と顔を合わせても眉を顰めて無言で立ち去ってしまうようになり、二人で顔を突き合わせて談笑することも無くなってしまった。

産みの母にいたっては、雪那が忌み子だと知るや否や、「どうしてお前なんかが生まれてきたんだ」と憎しみをぶつけるようになった。美春とは逆に顔を合わせれば悪態《あくたい》をつき、時には暴力を振るわれることもあったので、雪那は母がいる本宮に足を運ぶことすらできない。

(分かってる……平民の宮子と違って、二人には公人としての立場がある)

皇太女である美春が評判の悪い人間と接していれば、今後の支持率に影響が出るし、母は自分などを生んだから、皇帝である夫にも臣下にも軽んじられ、精神を病《や》んで城に閉じこもるようになってしまった。迷信を信じる年齢層に権力者が多いこの時代、皇族に忌み子が生まれるというのはそういう事だ。

だから二人が自分を嫌い、距離を取るのは仕方がないのだが……それでも、心が傷付かなかったわけではない。

「もうお偉いさんの中には姫様の事を理解してくれる人なんていないんじゃないかって思ってましたけど、やっぱりいるところにはいるんですよ！　姫様の事をちゃんと分かる人間が！　それでそれで、姫様は華衆院様の事をどう思ってるんですか⁉　かっこいいとか、もう好きになっちゃったとか⁉」

「それが……自分でもよく分からないんです」

「えー？　そうなんですか？」

國久本人も言っていたことだが、今日出会ったばかりの相手を好きになれるかなんて聞かれても、はっきり言って無理だ。

雪那が國久に対してどのような感情を抱いていくのか……それは今後次第だろう。

（でも……私の目の事なんて気にしないって言ってくれた殿方は、あの人だけでしたね……）

父を含めたどんな男も、雪那のことを忌まわしいものを見るような目で見てきたのに、國久だけは違った。時間が経った今でも、雪那の真紅の目を真っ直ぐ見つめてくる熱い視線を鮮明に思い出せる。

あんな男性は、これまでの人生に一人もいなかった。その事を思い出してまた恥ずかしくなってきた雪那は、雪のように白い顔をまた赤く染めるのだった。

弐章　少年武者の奮闘

領地に戻るや否や、俺は華衆院家《かしゅういんけ》の筆頭家老《ひっとうかろう》である松野《まつの》重文《しげふみ》に怒られていた。

「國久様《くにひささま》！　先の手紙について説明していただきますぞ！　皇族との間に結ばれた契約の件、我々に何も知らせずに話を進めるとは何事ですか⁉」

「悪かったって。お前たち家臣《かしん》に何も言わずに話を進めたのは本当に悪かったって思ってる」

雪那《せつな》と結婚すると誓ったあの夜、早馬で届けた手紙の内容……黄龍城《おうりゅうじょう》で俺がしたことに対する事後報告を聞けば、そりゃあ誰だって怒りたくなるのも分かる。それに関しては、本当に申し訳ないと思っているが、雪那と結婚するためには仕方なかったし。

「でも重文、お前だって皇族の懐事情《ふところじじょう》は分かってるだろ？　いくら契約書があるって言っても、それを金って形で返してくれるとは到底思えんぞ」

「むぅ……確かに、東宮大橋《とうぐうおおはし》の一件は皇族にとってあまりに痛かったはずですが……」

そもそもの話、東宮大橋の件で結ばれた契約は書面上、借金じゃなくて恩賞《おんしょう》の支払いに関するものだ。これは借金なんてワードを前面に出して皇族のイメージが悪くなるのを防ぐために、先代当主である母が譲歩《じょうほ》する形で結ばれた契約だ。皇族だって自分たちの威信《いしん》にかけて契約を履行《りこう》しようとするだろうが……連中には金がない。

東宮大橋は氾濫《はんらん》で流されたから修理というか新しく架け直したたし、材料費やら人件費やらがとにかくかかった。ぶっちゃけ、皇族に払えるとは思えない。

「なにせ向こうの方が身分が上なんだ。金以外の方法で報酬《ほうしゅう》を渡すなんて言われたら、こっちも頷《うなず》くしかないって。その内、皇族の遠縁に当たる、どこぞの名家の娘との結婚が用意されてたりしたんじゃねぇの？」

「……確かにあり得ますな」

今にして思えば、原作の國久が美春《みはる》の婚約者になったのは、東宮大橋の一件を盾《たて》にして俺の父親である前久《まえひさ》が押し進めたんじゃないかと思う。領主としての仕事も碌《ろく》に知らないくせに、変な知恵ばかり働くもんだ。

「だったら、今の内に欲しいものをねだって手に入れた方が建設的だろ？」

「色々と納得しかねるところもありますが……まぁ良いでしょう。それで、求めたものが雪那皇女殿下とのご婚約であったと？」

「不満か？　忌《い》み子《こ》と噂される皇女との婚約は」

赤目の人間は不吉の象徴である……そんな迷信を信じている人間の大半は高齢者だ。

重文は体格の良い初老の男で、まさに迷信を信じている年齢層にがっつり入っているが……。

「いいえ。確かに良くない評判は耳にしますが、実際に会ったこともない相手の事を伝聞だけで評価するつもりはございません。それに忌み子だ何だという迷信も、私くらいの世代が中心になって騒《さわ》いでいるだけの事。時を経て上の者が定年で退陣していけば、そのような迷信も自然と無くなる事でしょうし」

「俺お前のそういうところが好きだわ」

真面目で実直、そして偏見を持たない重文には、色々と尊敬できるところが多い。こういう人間が傍にいるのは幸せな事だと俺は思う。

「まぁ俺の独断で勝手な事をして、お前たち家臣に変な気苦労を与えてしまったのも事実だし、これからは働きと実績で返すさ」

「という事は、手紙に書かれていたことは本当ですか……⁉」

「あぁ。華衆院家は俺が正式に継ぐ。その為に動く。手紙に書いた通りだ」

それを聞いた重文は、感極まった様子で畳に両拳を突き、頭を下げてきた。

「よくぞ……よくぞご決心してくださいました！　家督《かとく》を継ぐ気はないと言い出した時はどうなるかと思いましたが……國久様のご決断には先代だけではなく、先々代もきっと、草葉の陰でお喜びに……っ！」

「おいおい……泣くなよ」

松野重文は元々、別の領地を治める貴族の末っ子で、先々代の当主である俺の爺《じい》さんに恩義があって華衆院家に仕《つか》えてきた人間だ。

その忠誠心が爺さんが死んだ後も無くなってなかったことからも分かる通り、とにかく義理堅く真面目な性格で、かれこれ三十年以上に渡って領主の傍らで領地運営を補佐してきた家臣で、両親から見向きもされなかった俺にとって、実の親も同然に接してくれた存在だ。

（気が付けば、重文もここ数年で皺《しわ》と白髪が増えたな）

これまでは「次期当主として～」と、平民として生きるつもりだった俺にとっては色々と煩《わずら》わしいところもあったけど、それだって俺の将来を心配しての事だってことくらい分かる。

母は仕事はできるけど人間としては色々とダメで、婿《むこ》入りしてきた父はろくでなし。そして跡取りであるはずの俺はやる気がない。そりゃ重文も心配しすぎて心労も溜まるよなって話だ。

雪那との結婚の為に当主の座を継ぐと決めたが、重文の心労が減るなら結果オーライかもしれん。これからは精々真面目に生きて、重文の皺と白髪が増えるのを抑えてやるとするか。

「俺が二十歳で正式に当主の座を継ぐまでの間、本当なら当主代行を据《す》えるべきなんだろうが、金食い虫の父を追い出すと決めた以上、華衆院家はこれから七年間、俺が当主代行を兼ねることになる。こんな前例はいくらでもあるけど、他の領主から軽んじられるのは目に見えている。それを乗り越える為には重文たち家臣の協力が必要だ。苦労をかけるけど、よろしく頼む」

「ははぁっ！　この重文、骨身《ほねみ》を惜しまず全力でお仕えさせていただきまする！」

若すぎる子供の次期当主は、華衆院家の威光《いこう》があっても、他の貴族からも下に見られる。それをカバーできるのは、貴族の血が流れ、実務能力が優秀で、他の家臣や領民からの信頼が厚い重文だけだ。子供の頃から本当に世話になったし、マジで大切にしよう。

「しかし國久様、何故いきなり家督を継ぐとお決めになったのですか？　昔からあれほど自由に生きたいと仰っておられたのに……」

「それはな、重文。恋が人を不自由にするからだ」

「…………………は？」

雪那の事を思い出し、切ない声を出す俺に対して、重文は一言……いや、一文字でそう返した。なんだその反応は？　こっちは真剣だというのに。

「確かに自由気ままに生きることに憧れていた。しかしそれ以上に素晴らしい未来を俺は知ってしまった……ただそれだけの事なんだよ」

「も、もしや……皇女殿下との婚約を性急に取り付けたのは……」

「当主の座を継ぐのにこれ以上ない、素晴らしい動機だろ？」

「…………も、猛烈《もうれつ》に今後の事が不安になってきました」

なんてことを言うんだ。

＝＝＝＝＝

それからしばらく経ち、関係各所とのすり合わせが終わってから母の死を公表、葬儀《そうぎ》を行った翌日。父が突然、華衆院家の居城である饕餮城《とうてつじょう》に戻ってきたと報告を受けた。

どうやら愛人とその子供を連れてきて、「当主代行として戻ってきたぞ」と騒いでいるらしい。それを聞いた俺は筆を置いて立ち上がり、父たちがいる正門に向かった。

「おい！　なぜ私を通さないんだ⁉　私は当主代行だぞ⁉」

そこには門番に止められて喚《わめ》き散《ち》らしている、みっともない父の姿が。人通りの多い正門でいつまでも騒がれたら迷惑だし、俺自ら追い払うか。

「これはこれは……十三年以上もまともに戻ってこなかった男が、今さら何をしに来たんだ？　あんたの荷物なら無いと思うんだが」

「な、何だお前は⁉　関係ない奴はすっこんでいろ！」

「関係ない？　華衆院家次期当主として、我が城の前で騒ぐ不逞《ふてい》の輩《やから》を追い払いに来ただけなんだけど？」

その言葉を聞いてようやく俺が自分の息子だと分かったのか、父は目を見開いて凝視《ぎょうし》してくる。

「そ、そうかお前が……！　だったらこの門番どもを下がらせろ！　私は子供のお前に代わって、華衆院家を取り仕切りに来てやったんだ！」

「必要ない。とっとと帰れ」

「ひ、必要ないわけないだろう⁉　私がいなければ、一体誰が家と領地を取り仕切るんだ⁉」

「少なくともあんたじゃねーよ。婿入りしてきてからというもの、碌《ろく》に領地運営を手伝ったこともねーじゃん。そんな奴が当主代行とかありえねーから」

そう言い返してやると、父は怒りで顔を真っ赤にしながらプルプルと震え始めた。

「だ、だが、当主が死んだ時にはその伴侶《はんりよ》が代行を務めるのが習《なら》わしで……！」

「大丈夫大丈夫。皇帝陛下にも認めてもらってるから。あんたに当主代行を務める資格はないってな。分かったらさっさと帰れ。いつまでもあんたの相手してるほど、こっちも暇じゃねーんだ」

「さ、さっきから黙って聞いていれば……！　お前は私の息子なんだろう⁉　だったら親の言う事に黙って従え！」

「あれ？　俺が息子だっていう自覚があったの？　今日まで一度も話した覚えもなければ、母上の葬儀にまで出席しなかった男が？」

そう……実はこの男、領内に母の訃報《ふほう》を知らせたというのに葬儀の場に現れなかったのだ。

多分面倒事は全部無視して、当主代行の座だけは持っていきたかったんだろうな。葬儀には他所《よそ》の領地からも貴族が参列してたし、そういう連中に会いたくなかったっていうのもあるのかもしれん。

「今まで散々妻子《さいし》を放っておいて、他所で愛人囲って遊び惚けてた奴の言葉にしては、虫が良すぎやしねぇか？」

「……私だって……好きであんな女と結婚したわけではない……！」

怒りと共に、絞り出すようにそう呟く父。

両親の間にどんな事があったのか……具体的には知らない。分かるのは、父に惚れ込んだ母が華衆院家の力を使って、ほぼ無理矢理婿にしたことと、後々その事を悔やんだ母が父に対して強く出られなくなったという事だけ。

「そうだとも……！　私は元々、あんな女好きでも何でもなかった！　実家に圧力さえかけられていなければ、私はもっと自由な人生を歩めたはずなんだ！」

どうやら父は元々、母との結婚に乗り気ではなく、母は一方的に父に執着していたらしい。そんな夫婦関係が上手《うま》くいくわけもなく、結果として父は愛人を作って帰ってこなくなり、母は自分の財産から父の遊び代を捻出《ねんしゅつ》しながら、健気《けなげ》に夫が戻ってくるのを待つという、酷《ひど》く歪《ゆが》んだ夫婦ができあがったわけだ。

「だとしてもだ。あんたは一度は母上との結婚を了承し、子作りだけはしっかりとやったんだろ？　なのに後になって他に愛人を作り、『本当は結婚なんてしたくなかった―』なんて言って妻子を蔑《ないがし》ろにするなんて、あまりに筋が通らない話じゃねーか」

こんなのにせっせと貢《みつ》いでた母も母だが、一度は結婚した相手をぞんざいに扱って愛人を作り、被害者意識全開でゴチャゴチャ言いながらも金だけは貰う父も父だ。

「とにかくお引き取り願おう。もう華衆院家に、あんたの居場所なんてないんだ」

「だ、だが……！　この城に戻れなければ他に行く場所がないんだぞ⁉　あいつが死んでから金も送られなくなったし……そ、そうだ！　お前は息子として父を助けろ！　これからも毎日遊んで暮らせるだけの金を渡せ！」

「渡す訳ねーだろ」

俺に援助するつもりがない事くらい、今までの話の流れで察してほしい。しかも遊ぶ金って。

「じゃあ私たちはこれからどうやって暮らせっていうんだ⁉」

「実家の五条家《ごじょうけ》にでも帰ればいいだろ？　手紙くらいなら書いてやるぞ？」

「馬鹿を言うな！　とっくに兄上に代変わりしていて、居場所なんてない！」

「じゃあ知らん。真面目に働いて平屋でも借りろ」

「もう十数年働いてないんだぞ⁉　今さら働けるか！　お前、実の父をここまでぞんざいに扱って、心は痛まないのか⁉」

そんな事言われてもなぁ……正直、特大ブーメランとしか思わない。

「今まで碌に会ったこともない癖に何言ってんだ？　そもそも、あんた俺の名前覚えてる？　ていうか知ってる？　家族の情に訴えてくるくらいなら、当然知ってるよな？」

「え……あ……その……た、辰吉《たつきち》？」

「國久だバカ！　一文字も合ってねぇじゃねーか」

仮にも自分の息子の名前すら知らないなんて、どれだけ俺に興味なかったんだ。それで家族の情に訴えかけてくるなんて、ヘソで茶を沸かすとはこのことだ。

「さぁもういい加減に帰れ。これ以上しつこくするようなら、愛人と子供諸共牢屋《もろともろうや》にぶち込むぞ！」

「く……くそっ！」

父は憎々し気に俺を睨みつけ、愛人と子供を連れて立ち去って行った。

ようやく本当の意味で、家督相続《かとくそうぞく》の問題は終わった。もう父と関わることはないだろうし、境遇が大きく変わった原作ヒロインがどうなるか分からないが、俺の知った事じゃない。

それにしても……強烈なくらい性格と頭の悪い父親だった。取柄《とりえ》と言えば顔くらいなところも相まって、原作の國久は間違いなく父親似だな。原作では、よくあんなのを当主代行として迎え入れたもんである。

＝＝＝＝＝

「さて、跡継ぎ問題も片付いたし、これでやっと次の段階……武力を磨《みが》くことに集中できるぞ」

引き継ぎ作業に一段落が付き、時間を捻出できた俺は、饕餮城の裏手にある岩山を魔術の訓練場に選んで来ていた。

【ドキ恋】の世界には、炎とか氷とか出して攻撃する、ファンタジー作品にありがちな魔術がある。この世界の人間たちは妖魔《ようま》に対抗するために、基本的に魔術と武術を組み合わせて戦うのが主流で、【ドキ恋】のヒロインたちは武術も魔術も達者な武闘派揃いだ。

「妖魔だけじゃない。第二部では大和中《やまとじゆう》で内乱が起こるようになるし、家督を継ぐ以上、あの武闘派ヒロインたちともやり合わないとダメなんだよな」

ちなみに和風ファンタジーの作品なのに、陰陽術《おんみようじゆつ》とか道術《どうじゆつ》みたいな和風チックな呼び方ではないのは、魔術の開祖が国外の人間だからだとか何とからしい。そうして国外から伝えられた魔術は、大和帝国で爆発的に発展し、世界中に魔術師がいるのが当たり前となった現代でも、この国は世界有数の魔術大国の一つと言われている。

日本で言うところの、種子島《たねがしま》に鉄砲《てつぽう》を持ってきたポルトガル人的なアレか？　まぁそこはどうでも良い事だ。

(母上のおかげで、次期当主にしては時間に余裕があるしな)

死んだ母が遺《のこ》したものや、重文たちの働きのおかげで、領地運営には今のところ時間に余裕がある。どうやら母は自分が死んでも領地運営が上手くいくように色々と準備していたらしい。それも全ては父の為を想っての事だったんだろうが、俺が父を追放した以上、俺が有効活用させてもらうとしよう。

「さて……まずは現状確認をするとしよう」

まず、原作の國久は序盤《じよばん》の悪役なだけあって、ぶっちゃけ弱い。平和な日本からこの世界に来たばかりの主人公、御剣刀夜《みつるぎとうや》に簡単に倒されてしまうくらいには。理由には幾《いく》つか心当たりがあるんだが、その中でも特に大きな理由がある。

「単純に原作の國久が練習サボってた……正直これに尽きると思うんだよな」

魔術に限らず、何事においてもそうなんだけど、練習しない奴が上達なんぞするはずがない。その結果、原作ではなぜか古流武術を習っていた刀夜に木刀でボコられて、美《み》春《はる》から婚約破棄をされた挙句に華衆院家から追放されるという展開になるわけだ。

実際、怠け者《なまもの》で疲れるのが嫌いな原作の國久は魔力量が大したことないからショボい魔術しか使えない。まさにザコと呼ぶのに相応しいキャラだった……のだが、この問題点を俺は既に解決している。

「魔術なんてものがある世界に転生したら、頑張って使えるようになりたくなるのが、現代日本のオタク男子の性だよな」

何を隠そう、この世界が【ドキ恋】の世界であると分かった時から、俺が今まで一番力を注いで練習してたのが魔術なのだ。

だってファンタジー作品を読み漁《あさ》ってきた身としては、魔術とか憧れるしかないじゃん？　だから魔術がある世界に転生したと分かった時から、俺は必死になって魔術の訓練に時間を費《つい》やしていた。

「今までは基礎的な訓練……魔力量の増加や魔力の制御能力の向上に励んできたけど、ここからは満を持して魔術そのものの練習を始めるという訳だ……！」

魔術の基礎練習が趣味になるレベルで時間を費やしてきたから、今の俺の基礎能力は同年代と比べても頭二つ分は突き抜けていると指南役に太鼓判《たいこばん》を捺《お》されたくらいだ。

　これまでも簡単な魔術は練習がてらに使ってきたけど、戦うための魔術を本格的に練習し始めるのは今日が初めて……そう考えると、胸が高揚《こうよう》でドキドキしてくる。

「でだ……ここで問題になるのは、華衆院國久はどんな魔術師になるか、だ」

　原作に登場した魔術の使い手……魔術師たちには色んな特色があった。一つの属性に特化した奴、攻撃に特化した奴、回復に特化した奴、援護《えんご》に特化した奴と、様々な系統のキャラが。

　しかし、原作の國久がそのいずれかの系統に属しているのかと言われると、答えはノーだ。

「典型的な弱い器用貧乏キャラ……それが原作の國久だったな」

　作中での描写からの推測《すいそく》になるけど、原作の國久はまさに器用貧乏の典型《てんけい》だ。

　炎、水、風、地、雷の魔術における全五属性を満遍《まんべん》なく使えるけど、威力《いりょく》も範囲もショボいし、魔力量も少なければ操作能力も低いから器用万能とは口が裂けても言えない、まさに主人公に負けて踏み台にされるためだけに生まれてきたようなキャラだった。

「他の戦闘要員のヒロインキャラは皆、何かしら尖《とが》った能力を持つ奴が多かったし、基礎力が高くて満遍なく何でもできるタイプのキャラは原作でも強キャラ扱いだったし、実際のところもそのどちらかじゃないと強い魔術師とは言えないらしいんだよな」

　要は性能が尖った奴か、器用万能な魔術師じゃないと、戦いでも碌《ろく》に勝てないという事だ。原作の國久はまさに、勝てない魔術師そのものなのである。

ここで俺に示された道は二つ。性能が尖った魔術師になるか、器用万能な魔術師を目指すか。幸いにも、子供の頃から基礎練に時間を費やしてきた俺はどちらのタイプの魔術師にもなれる下地があると思うわけだが……。

「こういう時は、これから戦う可能性がある奴らのことを見つめ直してみるか」

これまでは魔術が使えるという状況そのものが嬉しすぎて、これといった目標もないのに、魔術の基礎練習に熱中できていた。

しかし今は違う。雪那と幸せな結婚生活を送り、そんな日々を妖魔やらラスボスやら他所の美少女領主（攻略対象）から守る為という、魔術を極める上で明確な目標ができた。

ようするに、俺の邪魔となる存在に勝つための魔術師になればいいんだろうが……俺にとっての真の敵は、雪那を闇堕ちさせるラスボスでも、各地で猛威《もうい》を振るっている妖魔でも、侵攻してくる可能性がある美少女領主たちでもないと、本能が叫んでいる。

「俺にとっての真の敵……主人公、御剣刀夜であるという予感がしてならない……！」

前世では、何で刀夜はこんなにモテるのかまるで理解できなかったんだけど、この世界に転生してからはその理由が何となく分かった。

武を重んじる大和帝国では、強さは男のステータスなのだ。刀夜は古流武術の天才であり、チートパワーに目覚める男……そんな奴が大和帝国に現れて、勝利で強さを証明していけば、そりゃモテるだろうなって、今なら納得できるところがある。思い返してみれば、原作で登場するヒロインの殆《ほとん》どが刀夜の強さに惹《ひ》かれて惚《ほ》れる訳だし。

「雪那の男の好みまでは分からないけど、もしも一般的な大和人女性と同じように強い男に惹かれるのだとしたら……俺は御剣刀夜にだけは負けられない……！」

なにせ相手は催眠《さいみん》アプリを持ち込んでる疑惑まである、とんでもないハーレム野郎だ。婚約したからと言って安心はできないし、もしもまかり間違ってＮＴＲ展開にまで発展しようもんなら、俺の脳味噌《のうみそ》は木《こ》っ端微塵《ぱみじん》に破壊されるわ。

「関わらない、関わらせないっていうのがベストなんだろうけど……俺と刀夜の性格は合わないんだよな。原作で敵対したとか関係なく、もし関わるようなことになったら、どこかでぶつかり合うようなことになりそうで怖い」

そう思う根拠が実はある。刀夜が極度のフェミニストで、それが原因になって暴走するところがあるからだ。

女に優しいと言えば聞こえはいいけど、女の為なら何しても良いと思ってそうなんだよな。ヒロインが自分に非があってモブ敵に襲われてたら、問答無用《もんどうむよう》でヒロインの味方をしてモブ敵をぶちのめすっていう、見てる側からすれば「えええー……」って言いたくなるような展開もあったはずだし。

「原作でも、國久との婚約を嫌がった美春の為って言っていきなり國久に挑みかかってたし、それでなんか知らんけど本当に婚約破棄されたんだから、【ドキ恋】って作品は本当にご都合主義満載だったなぁ」

原作は既に改変されて俺と美春は婚約関係にはないけど、雪那との婚約の経緯《けいい》を知ったら、「金の力で女の子に結婚を迫るなんて最低だ！」とか何とか言って襲いかかってきそう……そんな危うさが刀夜にはある。

実際に会ったことがないから確かな事は言えないけど、原作での言動からある種の危うさを刀夜に感じた。

「いずれにせよ、俺以上に優れた男がいると雪那に思われるというのが我慢できない。むしろ女にモテモテのチーレム野郎を倒して、俺という男の魅力を雪那に見せつけたい」

好きな女に振り向いてもらうために努力するなんて当たり前だ。その為なら、チーレム主人公だって踏み台として乗り越えてみせるさ。

「その為にはまず、刀夜の能力にどう対処するかだな」

魔術がない地球からやって来た刀夜がどんなチートパワーに目覚めたのか……簡単に言ってしまえば、魔術の無効化能力だ。

黄龍城の宝物庫には、魔力に由来《ゆらい》するものなら何でも切り裂いてしまう、選ばれた人間しか鞘から抜くことができないっていう宝刀が眠ってるんだけど、刀夜はこの宝刀に選ばれて最強クラスの魔術メタ能力を手にしたっていう展開だ。ちなみにこの宝刀も美少女に擬人化するヒロイン枠だったりする。

「この魔術メタに、天才的な武術の腕前が組み合わさってる……魔術が戦闘に組み込まれるのが当たり前のこの世界じゃ、かなり強力だ」

その特性上、器用万能型の魔術師は刀夜とは相性が悪い。となると、尖った能力を持つ魔術師になるのが、刀夜打倒に一番向いていると思う。

「それに刀夜にも有効な魔術もあるしな」

あらゆる魔術を無効化する刀夜に対して有効な唯一《ゆいいつ》の魔術……それは地属性魔術だ。炎だろうが雷だろうが氷だろうが、刀夜は魔力で生み出したものなら何でも無効化してしまうが、地属性魔術は周辺の岩石や地面を操って相手を攻撃する、魔術の中で唯一の物理攻撃枠。作中でも、刀夜は地属性魔術の使い手には苦戦させられていた。

「安易《あんい》に考えれば地属性に特化した魔術師になれば刀夜との戦いになっても有利に働く……だけど、敵となり得るのは刀夜だけじゃないんだよなぁ」

ラスボスとかの事も考えると、地属性に特化して鍛えるのもリスキーだ。地属性魔術だけじゃどうにもできない相手っていうのもいるだろうし。

だからって器用万能型の魔術師は刀夜に対して不利だし、何よりも原作開始までにそこに至れる保証がない。何事も満遍なく高い次元で収めるというのは難易度が高いのだ。

一体どうしたもの、か……。

「………いや、待てよ？　そもそも尖った性能の魔術師か、器用万能の魔術師かの二択を一々選ぶ必要はないのでは？」

どんな魔術も高い次元で扱えて、それでいて突出した強みや能力がある。それこそが目指すべき一番の理想形なはず。

問題はそれができるかどうかなんだけど……原作開始までに理想形そのものの魔術師になれるかっていうと、多分間に合わない。それでも訓練内容次第では限りなく近いところまではいけるんじゃないかと、これまで頭に叩き込んできた魔術知識をフル動員させて結論付ける。

「そうと決まれば検証と実践の繰り返しだ！」

その後、俺は華衆院家直属の魔術の専門家の知恵も借りながら実践を繰り返し、時には領内に現れた妖魔を相手に実戦的な試験を繰り返した。俺が考えた戦闘スタイルは本当に可能なのか、できたとして戦闘で使い物になるのか、とかな。

で、結論から言うと……俺の考えた刀夜やラスボスとかにも対抗できる戦闘スタイルは実現可能であり、戦闘でも使えることが分かったのである。

＝＝＝＝＝

政務の勉強や引き継ぎ、魔術や武術の訓練に明け暮れながらも、雪那を饕餮城に迎え入れる準備を進めて二か月。ようやく雪那を迎えに行く目途が立った。

この二か月の間は、前世を含めても最も多忙だったが、雪那との同棲生活《どうせいせいかつ》からの結婚が待っているのだと思うと、何の苦にも思わなかった……皇帝との謁見の時も感じたが、これが愛の力って奴なのか。

「皇族である雪那殿下への敬意を示す為、婚約者である俺自らお迎えに行く。それまでの間、領地の事は任せるぞ、重文」

「承知いたしました。どうか、道中お気をつけて」

そしてあれよあれよというちにやって来た、首都にいる雪那を迎えに出発する当日。

首都にある華衆院家の別邸に居を移した雪那とは、この二か月の間頻繁《ひんぱん》に手紙のやり取りもしているし、忌み子の迷信を信じない信頼できる人間や、着物や装飾品といった贈り物を手配して不便はさせていない。送迎用の四方輿《しほうごし》も、別邸の方で既に準備ができているし、道中を警護する兵士たちも編成できている。迎えに行く準備は万全……！

「それでは、出発するぞ！」

『『おうっ!!』』

俺と一緒に雪那を迎えに行く護衛兵たちに号令を飛ばし、俺たちは首都に向かって進み始めた。

華衆院領に住む民たちも、この二か月の間で知らされた皇族の輿入《こしい》れの話題に沸《わ》いているみたいで、街の大通りを進む俺たちを眺め、見送っている。

「……遂に、遂にこの時が来た……！」

今すぐ馬を全力で飛ばして走り出したくなるような気持を必死に抑えながら、俺は晴れやかな気持ちで街道の先を見据える。

二か月前にも同じ道を通って首都に向かったはずなのに、この道の先に雪那がいると思うと、道中の景色が全く違って見えるんだから、人間って奴は勝手な生き物だ。なんて言うかね、世界の全てが輝いて見えるんだよ。もう未来に希望しか見えない。

そんな俺の様子を見ていた重文からは「頭がパーになっちゃったんですか？」と言いたげな、実に失礼な視線を向けられもしたもんだが、それすらどうでもよくなるくらい俺の機嫌はよかった。

(今のこの道は、俺の恋を成就《じょうじゅ》させるための第一歩……目に見える恋路《こいじ》って奴か)

正直な話、俺の冷静な部分は、この二か月間の俺を客観的に振り返って「ＩＱ下がったな」って自覚してるんだけど、それすらどうでも良い。

そんな事よりも、雪那を無事に華衆院領まで連れてきたら何をしようかという方が重要だ。事前の下調べによって、大抵の女が喜ぶようなことはある程度把握《はあく》してるんだが、生まれも育ちも特殊な雪那が〝大抵の女〟の枠組みに入るかどうかが疑問だ。

（やるなら雪那が喜ぶことをしてやりてぇ……前は時間が押してて碌《ろく》に話すことができなかったから、まずはお互いの事を知るところから始めるべきだな）

饕餮城で一番雰囲気の良い部屋で、互いに向かい合って座りながらゆっくり茶菓子でも食べて……いや、それだと味気《あじけ》ないか？

華衆院領に到着したばかりの時なら疲れてるだろうし、城でゆっくりと語らう方が良いだろう。しかし環境の変化に慣れてきたら、大和帝国でも五本の指に入る大都市の華衆院領を一緒に漫遊《まんゆう》……すなわち、デートをしながらお互いの事を知っていくのもありかもしれん。

（雪那の事で知りたいことは山ほどあるし、俺の事を知ってほしい。そして楽しいと思えることを共有したいとも思う）

前世を含めて今まで一度も経験したことはないが、恋愛の本質っていうのは案外そういうものなのかもしれん。

そんな風に希望に溢《あふ》れる未来に想いを馳《は》せながら馬を走らせていると、生木《なまき》を圧《へ》し折《お》るような音と一緒に、ズンズンという地響きが連続で響いてきた。そしてその音はどんどん俺たちに向かって近づいてくる。

「よ、妖魔だあああああっ！」

そして、街道沿いの雑木林《ぞうきばやし》から身長三メートルほどの巨体を誇る二体の妖魔が現れた。

海外ではオーガとも呼ばれている、それぞれ全身の肌が赤いのと青いのの人型の妖魔。人々からは赤鬼と青鬼の名で恐れられている、【ドキ恋】でも頻繁《ひんぱん》に登場した凶悪な怪物だ。

そんな奴らがニヤニヤと笑いながら首都へと続く道に……俺が雪那を迎えに行くための道に立ち塞がっている。

（こいつら……！　俺の恋路を物理で邪魔する気か⁉）

そう思うと、とめどない苛立《いらだ》ちが全身を支配する。せっかく新生活に想いを馳せてウキウキした気持ちに浸っていたのに台無しじゃないか！

「國久様、ここは我々が！」

「いいや、下がるのはお前らだ」

前に出ようとする兵士たちを下がらせて、俺は馬から下りて赤鬼と青鬼の前に進み出る。

この手の人型の妖魔は知能が高く、感情表現が豊かだ。これから俺たちをどうしてやろうかと想像しているのか、二体の鬼はニヤニヤと笑いながら寄ってくるが、俺は全く怯《ひる》まなかった。

道を塞《ふさ》いで俺の恋路を邪魔しにくるなんて、神や仏でも許されない蛮行《ばんこう》だ……！

「貴様ら許さん……！　許さんぞぉおおおおおおおおっ‼」

「「っ⁉」」

「な、何という気迫だ……！」

「これが十三歳が放つ殺気だというのか……⁉」

少しでも怒りを吐き出して冷静になる為に怒号を上げると、赤鬼と青鬼だけでなく、後ろの兵士たちまで怯んだ。それほどまでに、恋路を邪魔された俺の怒りが凄まじかったという事だろうか？

いずれにせよ、俺の恋路を邪魔する奴は容赦《ようしゃ》なく排除するのみ。せめてもの慈悲《じひ》として、俺の魔術の練習台となることで、俺の恋路を舗装《ほそう》する石畳《いしだたみ》にしてやる。

「「グ……グォオオオオオオオオオッ‼」」

自分よりも矮小《わいしょう》な存在と見下していた人間に怯んだ自分が許せなかったのか、鬼どもは躊躇《ためら》いを振り切るように俺に襲い掛かってくる。赤だの青だの色違いがあるが、鬼と呼ばれる妖魔はどいつも岩を素手《すで》で砕けるほど怪力だ。人間など、撫《な》でられただけで首の骨が折れる。

俺はそんな化け物相手にただの感情任せで前に出てきたわけではない。頭の冷静な部分で判断し、本当に魔術の練習台に使ってやろうと思った。だから兵士たちを下がらせたんだ。

「まずは離れろ。体臭がキツいんだよ！」

走って近づいてくる二体の鬼に対し、俺は地属性魔術で地面から岩の柱を二本突き出す。

斜め上に向かって地面から突き出される太い岩の棒は、地面に固定された柱も同然だ。それに向かって自ら全速力で突っ込む形になった鬼どもの胴体に、岩の柱の先端が的確に直撃。走る勢いも加算され、二体の鬼は揃って背中から地面に転がることになった。

「まずは赤いの！　お前からだ！」

その隙を見逃さず、俺は自分の身長と変わらない大きさの大岩を四つほど地面から生み出し、それらを煌々《こうこう》と燃え盛る炎で包み込む。

傍から見ればそれは、巨大な火球のようにも見えるだろう。しかしその実態は更に凶悪な、大質量を持った焼け石である。俺はその巨大な焼け石を全て赤鬼に目がけて放り投げた。

「ギャアアアアアアアッ⁉」

幾《いく》ら怪力を誇る鬼でも、倒れているところに大岩を四つも投げられたら堪ったもんじゃないだろう。しかもそれら全ては高温の炎で包まれ、真っ赤に焼けているのだ。重量と硬度で押し潰されながら焼かれる赤鬼は、嫌な臭いをまき散らしながら絶命していく。

「グオオオオオオオオッ！」

仲間が殺されたことに怒ったのか、残った青鬼は血走った目で立ち上がり、俺の方に全力疾走してくるが、対処が遅すぎた。

「お前には、こっちの魔術の実験台になってもらう」

そう言って俺が地面から新たに生み出したのは、体が岩でできた龍だ。

その全長六メートルはある岩の龍は、全身が鉱物でできているとは到底思えない滑《なめ》らかな動きで青鬼の全身に巻き付き、締め上げる。

「ガアアアアアアアアアッ‼」

しかし怪力の鬼を拘束するのにパワーは足りても硬度が足りない。まぁ所詮《しょせん》はただの岩だしな。鬼ならこのくらいの拘束、内側から力ずくで破れるだろう。岩の龍の全身に見る見る内に亀裂《きれつ》が入っていき、もう数秒あれば青鬼は拘束から抜け出しそうだ。

だからそうなる前に、俺は魔術で岩の龍の全身を修復した。

「ガアアッ⁉」

子供の頃から魔力量と魔力操作能力の向上に励んできた俺は、少し練習すれば地面を粘土《ねんど》のように操って大きな岩の龍を即座に作り出せるようになっている。当然、地面から離れた岩も、俺の魔術の操作対象内。岩の龍が壊されても即座に直せるから、青鬼はいつまで経っても拘束から抜け出せない状態だ。

「そこでさらに追い打ちをかける……！」

岩の龍はほぼ全身を使って青鬼を押さえているが、首から上の頭部には動かす余裕がある。俺は青鬼の拘束を維持しながら岩の龍の頭部を動かし、青鬼の頭に思いっきり噛みつかせた。

「ギャアアアアアアアアッ⁉」

頭から妖魔特有の緑色の血を流しながら絶叫する青鬼。しかしそれだけじゃ終わらない。俺はそのまま雷属性の魔術を発動させた。

「これで止《とど》めだ、くたばりなぁっ！」

岩の龍の口から強烈な雷撃がゼロ距離で発射され、青鬼は頭から黒焦げになってピクリとも動かなくなる。俺の恋路を邪魔するからそんな目に遭うんだ。

青鬼が死んだのを確認してから岩の龍を崩して地面に戻すと、後ろに控《ひか》えていた兵士たちから歓声《かんせい》が上がった。

「お見事です、國久様！」

「まこと、華衆院家次期当主に相応しい力でございました！」

「よせって。それ十三歳にしてはって意味合いもあるだろ。実際俺もそう思うし」

そう言って謙遜《けんそん》する俺だが、内心では順調に成長が確認できて結構嬉しかったりするんだよね。

　確かに、今回連れてきた兵士たちの中には今の俺より腕の立つ奴がチラホラいる。しかし同時に、俺が目指す魔術師像に近づいているのも実感できるのだ。

(俺が目指す魔術師像……精密かつ強力な地属性魔術を軸に、超火力の他の属性魔術をブッパする戦闘スタイルに一歩前進ってところか？)

　実際に魔術を使ってみて分かったんだけど、地属性魔術の汎用性《はんようせい》がヤバい。攻撃、防御、拘束の全部に優れているし、これさえ極めてしまえば大抵の奴に勝てるんじゃないかって思ってしまうほどだ。まぁさすがに特化型の魔術師は対策取られると不利になるから他の魔術も覚えてるんだけど、刀夜対策として優先的に覚えようと思っていた魔術が、思った以上に強力なのは嬉しい誤算だ。

(魔術の操作能力を上げるのって難しいけど、出力を上げるだけなら難しくないからな。このまま地属性魔術を優先的に鍛えつつ、他の属性はとにかく威力を上げることに集中すれば、原作開始時点では様になっていそうだ)

　岩の龍を生み出すだけならともかく、それを本物のように動かせるようになるのは結構骨が折れたけど、実戦で運用できると確認できただけでも、赤鬼と青鬼と戦った価値がある。もちろん、その内他の属性の魔術の精密操作もできるようになるけどな。今は突出した得意分野を作りたい。

（しかも地属性魔術が優れているのは戦闘における汎用性だけじゃない……地属性魔術は他の属性の魔術とかなり組み合わせやすい）

【ドキ恋】の原作でも、合体魔術みたいなのがあった。炎と雷を融合させてより強力な一撃を繰り出す的な奴がな。

さっきの戦いだと、巨大な燃える焼け石を作り出したのが、地と炎の合体魔術に分類される。ただし、ただ徒《いたずら》に魔術を組み合わせればいいってもんじゃない。氷と炎の組み合わせが悪いみたいに、属性ごとに相性がある。

（その点、地属性魔術はどの属性と組み合わせても足の引っ張り合いを起こさない。合体魔術には一番向いている属性かもしれないな）

今の戦いで俺が見せた奴の発展形でマグマを作り出したり、岩だけじゃなくて金属も操れるようになったら、常に帯電状態の遠隔で操作できる武器を操れる……みたいなこともできそうな気がする。

原作シナリオだと、地属性と組み合わせた合体魔術は無かったように思うんだけど、原作キャラたちはよく使わなかったなって思う。

……地味だからか？　地属性の使い手は地味な印象を持たれるっていう風潮があるからなのか？　実際に使ってみたら、そんな地味って事はないと思うんだけどなぁ。

「何はともあれ、妖魔は討った！　死骸《しがい》の処理が完了し次第、引き続き首都の別邸へと向かうぞ！」

『『『おうっ！』』』

＝＝＝＝＝

その後、無事に首都に辿り着いた俺たちは、黄龍城まで行って皇帝に挨拶をしてから、真っ直ぐに別邸がある方に向かった。

仰々《ぎょうぎょう》しい護衛隊の行列に、首都に住む人間たちは何事かと俺たちの方を見ているが、その目に宿っているのは純然たる疑問であり、華衆院領のような主家の人間を祝うような雰囲気は一切ない。

(忌み子如きの結婚は、祝うに値しないってことか)

普通、領主や皇族の結婚ともなると領内総出で祝う事なんだが、皇帝はそのつもりが一切ないらしい。黄龍城に登城した時は、一応俺個人に対して祝いの言葉を投げかけていたけど、娘である雪那を祝う気はないんだろう。実際、首都の住民たちは皇女が嫁入りすること自体知らないんじゃないか？

「……何とも腹立たしい話じゃねぇか」

これはもう、俺たちの結婚式は盛大に執り行わないといけないな。どうせ皇族側はこれと言って何かするつもりはないんだろうし、その分こっちで盛大に祝わないと。そう考えると、領地の運営にも力が入るってもんだ。

そんな事を考えながら別邸に辿り着くと、邸の管理や雪那の世話を任せている使用人が出迎えていた。

「お待ちしておりました、國久様。姫殿下のご出発の準備は、こちらでできることは全て終わっております る」

「分かった。滞在中も、特に問題はなかったな？」

「はい。雪那様も我々のような身分の者に対しても大変優しく接してくださって……我ら一同、お二人のご成婚が今から楽しみでなりません」

「あぁ……俺もだ」

どうやら俺が送った使用人たちとも仲良くしていたらしい。能力があるのは大前提として、人柄を重視して選んで正解だったな。

……いや、雪那本人の性格も影響していたか？　原作でも、性格が理由で嫌われたことはなかったみたいだし。

「とりあえず、雪那殿下にお会いしたい。殿下は今どちらに？」

「私室としてお使いいただいた、庭に面する部屋でお待ちいただいております」

それを聞いた俺は、引き続き準備を進めるように兵士たちに命令を下し、会いに行く旨を使用人を通して雪那に伝え、許可を得てから雪那の部屋へと向かう。

正直、二か月ぶりに雪那に会えると思うと、遠足前の子供みたいに胸がドキドキする。領内に戻ってからも雪那を思い出さなかった日はなかったし、今日という日が近づくにつれて眠りが浅くなったもんだ。

以前会った時は姫とは思えないくらいみすぼらしい格好だったけど、あれから生活環境を変えて多くの着物や装飾品を贈った。その変化が如何《いか》ほどのものなのか、それが気になって仕方がない。

（てかぶっちゃけ、雪那分が足りない……！　今すぐ補給がしたい気分だ！）

特定の誰かに会えないというのがこんなにも苦しいものだと初めて知った。

逸《はや》る気持ちを抑えながら廊下を進んでいると、庭に植えられた桜の木の下に、雪那がいるのが見えた。

「あ……華衆院殿。ご無沙汰《ぶさた》しております」

俺の存在に気が付いた雪那が少し頬を赤く染めながら、ずっと聞きたかった鈴を転がすような声で挨拶《あいさつ》をしてくる。そんな雪那の後ろに控《ひか》えている、明るい茶髪とソバカスが特徴的な少女は十中八九、田山宮子だろう。新たに原作キャラとの初対面を果たす形となったのだが、今の俺にはその事実が一切頭に入ってこなかった。

「……綺麗《きれい》だ」

「ひぇっ⁉」

ポツリとそう呟《つぶや》いた俺に対し、雪那は変な声を出しながら顔を一気に赤くするが、それも仕方のない事だと思う。ちゃんと着飾った雪那は、思わず本音が飛び出してしまうくらい綺麗だったんだから。

一流の仕立て屋を雪那のもとに送ったから、絶対に似合う着物を着てるんだろうという事は分かっていた……が、現実は俺の貧困《ひんこん》な想像の遙か上をいっていた。

（可愛すぎるだろ……！　俺の中の萌え豚が全力で叫んでいるのが分かる……！）

華美《かび》すぎず、上品な菫色《すみれいろ》をした花柄の着物に長羽織《ながばおり》と袴《はかま》を合わせた、大正ロマンに近いデザインの着物は雪那には抜群《ばつぐん》に似合っていた。ちゃんと梳《と》かされるようになった白桜みたいな淡い色の髪も以前会った時以上に艶《つや》やかになり、文句の付け所がないくらいに完全無欠の美少女ぶりである。

（前世のどの【ドキ恋】プレイヤーも見たことが無い服を着た雪那だ……それを俺だけが拝むことができるなんて……！）

優越感がヤバい……もし前世にいるオタク友達にもう一度会えたら、思いっきり自慢してやりたいところだ。

みすぼらしい格好をしていた時でさえ人並み外れて可愛かったのに、ちゃんと着飾った今の雪那は、舞い散る桜という演出も相まって、まるで人間じゃないくらいに可憐《かれん》だ

った。

正直な話、この場に誰もいなかったら、俺は心のままに「ぶひいいいいいっ！」とか「萌えええええっ！」とか叫んでたと思う。

「遅れて申し訳ありません、殿下。この華衆院國久、ただ今お迎えに上がりました。屋《や》敷《しき》での生活に不便はありませんでしたか？」

「は、はい。皆さんには、とても良くしていただきました。華衆院殿にも、改めてお礼申し上げます」

「それは良かった。着物も大変よくお似合いですよ。正直、もっと早くに迎えにくればよかったと後悔するくらい綺麗です」

「あ、あぅ……か、華衆院殿……っ」

女を口説く時は、まずちゃんと口に出して褒めるところから。饕餮城の侍女や家臣の妻、女の商人などからアンケート形式でアドバイスを募って導き出した答えをさっそく実行してみたんだが、中々に良い手応えなんじゃなかろうか？

「正直に言って、心臓が止まりそうなくらい可憐です。今の貴女《あなた》を見れば、どんな美女でもこぞって恥じ入るでしょうね」

「華衆院殿……っ。も、もうその辺りで……！」

もう今にも湯気《ゆげ》が出そうなくらいに赤くなりながら止めに入る雪那。あんまりしつこくしすぎるのも何だし、この辺りにしておくか。

「……？」

その時、キラキラとした目で俺と雪那のやり取りを遠くから眺めていた宮子と目が合った。

彼女とは今日が初対面で、今の今まで言葉を交わしたことは一度もない……そのはずなのだが、不思議なことに目と目を合わせるだけで会話ができた。その内容はすなわち、こうである。

――やっぱり姫様って最高に可愛いですよね！

――それな！　お前分かってるじゃねーか。

どうやら宮子とは気が合いそうだ。まるで百年の知己《ちき》を得たかのような気分である。

「出立まで時間があります。どうでしょう、その間に話でも」

「そ、そうですね。宮子、お茶の準備をしてもらってもいいですか？」

「はい、分かりました」

その後、宮子が手配した緑茶を前に置き、二人っきりになった俺と雪那は畳の上で向かい合って座布団《ざぶとん》に座った。

　さて、話をと言ったものの、まずは何から話すべきか……そう頭の中を整理していると、雪那は俺に頭を下げてきた。

「改めて、華衆院殿に感謝の言葉を言わせてください。婚約が決まってから今日まで厚く遇《ぐう》していただき、本当にありがとうございます」

「このくらいでお礼を言われても困りますね。貴女は私の婚約者だ。厚遇するのは当然のことです」

「華衆院殿にとってはそうかもしれませんが……貴族らしく暮らすというのは、どうにも慣れなくて」

　そう言って苦笑する雪那に、俺も「確かにそうかも」と笑って返した。生まれてから質素な生活を強いられてきたからな、この人。

　婚約する以上、黄龍城にはもう置いておけないと思って、雪那を別邸に引き取ってきたんだけど、生活水準の変化にまだ戸惑っているらしい。まぁ俺と結婚する以上、大勢の人間に傅《かしず》かれる生活が待ってるんだし、嫌でも慣れるだろう。それでも気になるようなら、それに合わせて調整をすればいい。

「それに私の事だけではありません。宮子の事も華衆院家で高待遇で雇《やと》ってくださるとか」

　雪那と結婚するにあたって、俺は宮子の身辺調査も行っていた。

生まれも育ちも極々普通の一般家庭出身。しかし父親が早くに亡くなって、母親は体が弱く、弟妹の数が多いのでかなり貧乏。だから宮子は子供の頃から稼ぎ頭として城の下働きとして働いていたのだ。

（貰ってる給料の額を見た時は、結構無茶な節約生活をしてるんだろうなって思ったからな。皇族の懐事情的に、薄給《はっきゅう》で働かせてたし）

だから雪那を領地に連れて行くに伴って、宮子を華衆院家次期女主人の専属侍女として雇い、その一家も引き取ることにしたのだ。

金持ち貴族の華衆院家なら、金の無い皇族のもとで下働きとして勤めている時とは比べ物にならないくらいの高給取りになるし、何よりもラスボス対策になる。

いずれ雪那に龍印《りゅういん》が宿る以上、ラスボスが宮子やその家族に手を出そうとするのは明らかだ。なら守りやすい俺の膝元に住んでもらった方が都合がいい。

「手紙にもよくあの者のことを書いていましたね。殿下がそこまで気に入っているのなら、婚約者としてできる限り配慮するのは当然のこと。……大切な人なんでしょう？」

「……はい。私にとって、無二の親友なんです」

そう言って微笑《ほほえ》む雪那を見て、気を利《き》かせてこの場から離れている宮子の事が、ちょっと羨ましいと思った。現状、雪那にここまで想われているのは宮子だけだからな。

まぁ二人の間にあるのは微笑ましい友情であって、男女の情愛じゃない。雪那に友達がいるのは喜ばしい事だし、男として唯一特別な存在に俺がなれば良い訳だ。変に嫉妬《しっと》するような事じゃない。

「雪那殿下は――――」

「國久様！　大変でございます！」

今度は俺から話しかけようと思って口を開いた……んだけど、タイミング悪く護衛の兵士が駆け込んできた。

「えぇい、騒々《そうぞう》しいぞ！　一体何事だ！」

「そ、それが……鈴木家の次期当主様が突然ご訪問なされて、國久様に会わせろと」

「はぁ？　鈴木家の次期当主？」

鈴木家は歴史の長さだけで言うなら華衆院家に匹敵《ひってき》する名家で、その次期当主と言えば原作のヒロインである鈴木麗羅《すずきれいら》のことだ。そんな奴が俺に何の用なのか……少し疑問に思ったが、すぐに思い当たって、俺は深く溜《た》め息《いき》を吐いた。

「申し訳ありません殿下。凄く名残惜しいですが、少し席を外させていただきます」

「い、いいえ。どうかお気になさらず」

雪那に一言断りを入れてから部屋を後にし、俺は麗羅がいるという正門前まで足を運んだ。

「いいから華衆院國久を出しなさい！　私を誰だと思っていますの⁉」

まだ距離があるにもかかわらず、キャンキャンと甲高い声が俺の耳に響く。その事に辟易《へきえき》しながらも、俺は次期当主として麗羅の対応をすることにした。

「先触れもなくいきなりやって来て我が屋敷の前で騒ぐとは……一体何の用だ？」

「むっ！　その物言い、貴方が華衆院國久ですわね⁉　今すぐ私と尋常《じんじょう》に決闘をなさい！」

金髪縦ロールという、和風ファンタジーという世界観をぶっ壊すかのような髪型をした鈴木家次期当主、鈴木麗羅は俺の顔を見るや否やいきなりそんな事を言ってきた。

……和風ファンタジーには全然合わない見た目をしてるのは、ヒロインが大勢登場するという作品コンセプトを考慮して、制作陣がキャラが埋もれたり被ったりするのを防ぐために工夫した結果なんだろうなぁ……と、現実逃避したくなる俺だったが、残念なことにそうはいかないらしい。

「突然来てなんだと思えば……もしかしてアレか？　鈴木家からの縁談を断ったのが理由か？」

実を言うと、雪那との婚約が決まって領地に戻ってすぐに、鈴木家からの縁談が届いたのだ。相手は麗羅の妹で、ゴリゴリの政略結婚。しかしその時点ですでに雪那との婚約が内定していたから、それを理由に断りの返事を送ったわけだが……どうやらそれが気に食わなかったらしい。

「当然ですわ！　縁談を断られただけでも業腹《ごうはら》だというのに、その理由が忌み子の皇女如きとの婚約を優先したからなどと、名門たる我が鈴木家への侮辱《ぶじょく》に他なりませんもの！」

「………はぁ？」

「せっかく両家の利益になる条件で婚約を申し出たというのに、何が不満だったというのかしら⁉　少なくとも、疎《うと》ましい忌み子などを娶《めと》るよりも有益な話だったというのに！　それを蹴ってまで忌み子皇女を選ぶなど、我々を馬鹿にするにもほどがありますわ！」

武を重んじるこの国において、名誉だの面子《めんつ》だのは、時に利益を超える価値がある。だから貴族同士で衝突《しょうとつ》が起きた場合、決闘にまで発展することは決して珍しくないんだが……。

「………それで決闘を申し込んできたってか？　これと言って付き合いもない一貴族よりも、婚約者になった皇女を優先するのは当たり前だと思うんだが」

「我ら鈴木家が忌み子皇女よりも下であるなど、あるはずがないでしょう⁉　受けた屈辱は必ず返す……それが鈴木家の家訓でしてよ！」

頭が痛くなるような発言を聞きながら、俺は原作における鈴木麗羅の事を思い出していた。そうだった……麗羅ってこういうキャラだったな。

古い家ほどプライドが高く、慣習やら迷信を重視する傾向がある。鈴木麗羅はまさにその典型であり、プライドが高い上に慣習にうるさく、攻略対象としては珍しく忌み子に対する偏見がある上に猪突猛進《ちょとつもうしん》な性格をした、変則的なお嬢様キャラである。(作中だと根は悪い奴じゃなくて、忌み子への偏見も刀夜や美春の言葉で認識を改めて反省するっていう展開も、あったっちゃあ、あったっけなぁ)

だが、しかし、今この瞬間、雪那が侮辱《ぶじょく》されているという事実に変わりはない。ただでさえ、雪那との交流を邪魔されて気が立ってるっていうのに、こんな聞くに堪《た》えない発言を連発されたら堪ったもんじゃねぇ。

「いいだろう、その喧嘩《けんか》買ってやるよ」

冷静に考えれば、こんな決闘を受ける理由はまるで存在しない。たとえ忌み子と疎まれようとも、皇女の輿入れを理由に他の家からの縁談を断るのは至極真っ当な理由だし、麗羅が突っかかって来てるのも完全な言いがかりだ。この国の文化的に、理由はどうあれ決闘を受けないというのは腰抜け扱いされるもんなんだが、俺からすればそこは知った事じゃない。

しかし……俺の心の地雷をここまで踏み抜いた奴を黙って帰すつもりはない。相手は武闘派ヒロインの一人だが、そんなの関係あるもんか。

愛する婚約者を侮辱しくさった奴には、鉄槌《てっつい》の百発や二百発下してやらないと男が廃《すた》るってもんだろう？

＝＝＝＝＝

首都近郊に位置する平野に移動した俺と麗羅は、立会人となっている坊主《ぼうず》……大和帝国で神聖視されている大地の龍を奉《たてまつ》っている、日龍 宗《にちりゅうしゅう》の僧侶《そうりょ》を挟《はさ》むような形で対峙していた。

武を重んじると言えば聞こえはいいが、政治的なプロセスをすっ飛ばして何かと暴力で解決しようとする風習がある大和帝国では、未《いま》だに決闘が法律で認められている。一応、その時には立会人……つまり過度な攻撃を止める人間を用意する必要があるんだけど、その立会人としてよく依頼されるのが、日龍宗という訳だ。

「それでは、双方準備はよろしいか？」

「問題ありませんわ」

「同じく」

僧侶の言葉に対して自信満々に頷《うなず》く麗羅は、柄《つか》や刃に細やかな装飾《そうしょく》が施《ほどこ》された豪華な槍の柄尻《つかじり》を地面に付けて、自分が負けるなんて微塵《みじん》も考えていなそうな顔を俺に向けてくる。

現時点での麗羅の実力のほどは分からないが……原作開始時点では、槍の穂先《ほさき》に炎や雷、冷気などを付与して戦う近接型エンチャンターといった感じの戦闘スタイルだったはずだ。原作開始前である今でも、槍を持って決闘の場に現れたところを見るに、近接特化のスタイルであることに変わりはないと思う。

（こと武術の腕前に関しては、御剣刀夜にも迫るものがあるって話だったな）

つまり近接戦に持ち込まれることは許されない相手ということだ。俺も腰に刀を差しているけど、現段階だとそこまで剣技に自信があるって訳でもないし。

「それでは試合、開始っ！」

原作知識にある麗羅の実力と、今の俺の実力を比べながらどう戦うかと思考を巡らせていると、僧侶が試合開始の合図を叫《さけ》んだ。

まずは距離を取ることに専念するか……そう思ったのだが、麗羅は槍を構えたままこっちに向かってこようとしない。一体どうしたのだろうと思っていると、高飛車という言葉がよく似合いそうなドヤ顔を俺に向けてきた。

「ふふん！　まずは私との決闘を受けた勇気を褒めて差し上げますわ！　ですが、貴方では私に勝つことは不可能！　決闘は始まる前から勝敗が決していたのですわ！　おーほっほっほっ！」

始まってもいないのにいきなり勝利宣言と共に高笑いし始める麗羅。一体コイツは何がしたいんだ？

「生まれ持った高い魔力量と他の追随《ついずい》を許さない魔術と武術の才！　そしてこの圧倒的な魔力伝導率を誇る鈴木家伝来の宝槍《ほうそう》を手にした私に敵はおりませんもの！」

そういえば、鈴木麗羅は天才肌の魔術師っていう設定だったっけな。【ドキ恋】の他のキャラたちも、あれだけの才能があるなら麗羅が高飛車《たかびしゃ》な性格になるのも仕方がないって認めている描写があったし。

ちなみに魔力伝導率というのは物体にどれだけ魔術を施せるのかを表す数値で、これが高い物体ほど効率よく魔術を付与できる。あの槍が魔力伝導率が相当高いというのなら、近接型エンチャンターである麗羅にはうってつけの装備と言えるだろう。

「さぁ、大和の麒麟児《きりんじ》、鈴木麗羅の武勇をその身に刻み、鈴木家を侮辱したことを後悔っ⁉」

まぁ奴がどんな戦い方をしようとしても、勝利をもぎ取るために戦う事に変わりはない。

槍を頭上でヒュンヒュンと回すというパフォーマンスをしながら延々と口上を口にしていた麗羅に対して、問答無用《もんどうむよう》で地属性魔術を発動。さながら、地面から飛び出てきた巨大な湯飲みのような形をした岩で麗羅を閉じ込め、そのまま空中へと浮かび上がらせる。

「岩の壁？　全く、浅知恵ですわね。こんな物で私を捕らえられると本気で思っていて⁉」

そんな言葉と共に、岩の湯飲みの一部が大きく砕かれた。飛び散る破片《はへん》や砂利《じゃり》に交じって爆炎が見えたことから、爆発系の魔術を付与した槍を、身体強化魔術を施した肉体で岩壁に突き刺して囲いを砕いたんだろう。

……が、その程度の破損など即座に修復できる。俺は魔力を込めて大穴が開いた岩の湯飲みを速攻で修復した。

「壊してもすぐに直った⁉　くっ……！　こんな相手の動きを封じるような魔術に頼るなんて、まともに戦うつもりがありませんの⁉　もっと正々堂々と戦いなさい！」

巨大な岩の湯飲み越しでも聞こえてくる、キャンキャンと甲高い声に俺は辟易する。

正々堂々まともに戦うつもり？　あるわけねーだろ、そんなもん。

（こちとら、決闘を受けた瞬間から手加減して勝つことが絶対条件になってんだから……！）

鈴木家は国内でも大きい貴族だ。決闘を吹っかけてきた以上、最悪命を落としても文句を言われる筋合いはないんだが、それでも次期当主を殺したとなると今後の領地運営に響く。

立会人がいる以上、相手を殺傷した側に非がない事を証言してもらうことはできるけど、やっぱり肉親を殺された恨《うら》みっていうのは理屈じゃどうにもならない部分もあるだろう。権力で皇族や他の貴族を動かして、俺に罰を与えようとされたら面倒すぎる。

（もっとも……向こうはその辺の事を全然考えてなさそうだけど）

頭に血が上って決闘を言い渡しに来たような奴だ。俺を殺した後の事まで考慮《こうりょ》している印象がない。

（それに……雪那の事を考えると、やりすぎるのは良くないと思うんだよね）

雪那の性格上、自分の名誉を守る為に俺が受けた決闘で相手に大怪我《おおけが》を負《お》わせたとなると気に病んでしまうかもしれない。それが巡り巡って領民まで巻き込まれるとなればなおさらだ。

個人的には雪那を侮辱した罪でパイルドライバー百連発くらいしないと気が済まないんだが、それで雪那が悲しむかもしれないいんなら我慢するしかない。そういう訳で、俺はどれだけ穏便《おんびん》な形で、それでいて麗羅にとって屈辱的《くつじょくてき》な形で決闘に勝利し、雪那を侮辱したことを全力で後悔させるか……その方法に頭を悩ませているのだ。

ただでさえ雪那を待たせて決闘をしているってのに、武闘派ヒロイン特有の有り余る体力が尽きるまで相手するとかやってられん。

「チマチマ壊しても埒《らち》があきませんわね！　こうなったら、我が鈴木家に伝わる奥義で――――」

「おっと」

「きゃあああああっ⁉」

なんだか不穏な事を言っていたので、俺は宙に浮かべた麗羅入りの岩の湯飲みを横向きに高速回転させる。

「な、何ですのこれは⁉　ちょ、止めなさい！」

さながら、遊園地のコーヒーカップみたいに回転する岩の湯飲みの中に入れられたら、まともに立ってはいられないだろうし、槍や魔術を使うどころじゃないだろう。このまま延々と回し続ければ、三半規管《さんはんきかん》がイカれるのも時間の問題だ。

「待てよ……これ、良いんじゃないの？」

ふと思いついた、麗羅の倒し方。これなら俺の理想通りに事が進むんじゃないか……そう判断した俺は、岩の湯飲みの回転を維持したまま、水属性魔術を発動して大量の水を生み出し、滝のように岩の湯飲みに注いだ。

「ちょ、水⁉　や、止め……ぶわぁっ⁉　ごぼぼぼ……！」

岩越しに麗羅が水を飲み、溺《おぼ》れるような音が聞こえてくる。一応、排水用の穴を開けたから、本当に溺れることはないだろうが、降り注ぐ水の量は膨大《ぼうだい》だ。高速回転する湯飲みの中に入れられてまともに立っていられない時に、滝のような水をぶっかけられたら溺れているのと大差ないかもしれない。

「あ、貴方ぶへぇえっ⁉　き、貴族としてこんなごぼおっ⁉　じ、尋常《じんじょう》に……正々堂々と戦いぶぼぉおおっ⁉」

なにやら騒いでいるが、決闘前の取り決めでは戦法に関する言及は一切なかった。それは立会人も認めているはずだから、今の俺の戦い方に責められるべきところは何もない。

だから俺は気にせず、空中に浮かぶ岩の湯飲みを四方八方に向かって連続で傾《かたむ》けまくり、中にいる麗羅を全力で転がしまくる。その間も、高速回転と水責めは当然止めないのがミソだ。そうして麗羅を弄《もてあそ》ぶこと、十分。

「そろそろ頃合いか」

最初の内は元気に騒ぎまくっていた麗羅は次第に口数が少なくなり、遂には何も喋《しゃべ》らなくなったのを見計らって、俺は岩の湯飲みを下に傾け、麗羅を放り出した。

「おーい、生きてるか鈴木麗羅」

ベチャアッ！　と地面に転がった麗羅は、まぁ酷《ひど》い有り様だった。全身グショグショに濡れていて、金髪の縦ロールもグチャグチャ。服や髪の毛には細かい砂が大量に纏《まと》わりついているし。

「僧侶殿、どうやらこいつはもう立ち上がることすらできない様子。この決闘は俺の勝ちでいいか？」

「……そうですな。これ以上の戦いは無益でしょう」

「お、お待ちなさい……！　私はまだ負けを認めては……うぇぷっ」

あ、吐いた。お嬢様キャラとは思えない醜態《しゅうたい》を晒《さら》してやがる。

「そんな有り様で言われても見苦しいだけだぞ。立会人の僧侶殿も認めたんだから、負けを受け入れろ」

「ぐ……うぅ……！」

「……さて、決闘前の取り決めは覚えているな？」

決闘を行うにあたって、勝負の内容や武器や魔術の使用の有無を色々と事前に決めてたんだが、その中に「勝者が敗者に下す命令」も含まれていた。

「俺が勝てば、お前は二度と俺や雪那殿下に直接関わらない、だったな？　約束通り、二度と俺たちに関わるんじゃないぞ？」

ちなみに麗羅は、「私が勝利した暁には、貴方には丸坊主になって鈴木家全員に土下《ど げ》座行脚《ざ あんぎゃ》をしてもらいますわ！　おーほっほっほっ！」とか高笑いしてた。

俺は雪那の目に魅力的に映るよう、ヘアースタイルにまで気を配っているというのに、それを丸坊主にするなんて神仏でも許されない蛮行《ばんこう》だ。そんな形で俺の恋路を邪魔しようとした麗羅には、ぶっちゃけ命を以《もっ》て罪を償ってほしい。

（何はともあれ、決闘に勝利した以上、今後麗羅が俺たちに関わろうもんなら、立ち合

いを務めた日龍宗を通して正式に抗議を出せるな）

　雪那の事を侮辱しくさる奴を一人でも遠ざけることができたんだから、それだけでも決闘を受けた価値はあっただろう。

　麗羅にも報《むく》いを受けさせることができたし、俺は晴れやかな気持ちでその場を後にして、雪那が待つ別邸へと足を進めるのだった。

「許さない……！　決して許しませんわ、華衆院國久……！　この私にここまでの恥をかかせるだなんて……！　いつか必ず、忌み子皇女共々、死ぬほど後悔させてやりますわぁ……！」

「おい、聞こえているぞ！　どうやら決闘での取り決めすら守るつもりはないようだな！　そんな奴には全身がズブ濡れのところに砂をぶっかけて、なんかもう凄い状態にしてやるぞ！　オラオラオラァッ！」

「あぁああちょっ⁉　止め、止めなさい！　肌に、服に、髪に！　砂が張り付いて大変なことになってるから！　あ、あああああああああああああっ⁉」

「フリでも何でもなくマジで余計なことすんなよ⁉　分かったか⁉」

　何だか小悪党みたいなムーヴをかましてたけど、雪那に危害が及びそうな気配を見逃す俺じゃあない。即座にUターンして追い打ちをかけておいた。

……まぁ、決闘の記録は日龍宗で管理してくれているし、もし麗羅が雪那に接触しようもんなら、胸を張って堂々と麗羅に全面的に非があると主張できるから下手なことはできないだろうし、ひとまずは安心だろう。フリじゃなく、ガチでな。

＝＝＝＝＝

麗羅との決闘に勝利した後、俺は恙《つつが》なく雪那を華衆院領に連れてくることができた。

皇族から姫を婚約者として貰って凱旋したことを知った領民たちは、次期領主の婚約をダシにして既にお祭りムード。この世界は今、娯楽の少ない時代だから、人々は大抵宴とか祭りとかが好きだからな。豊かな領地の人間は、何かにつけて祭りを開こうとする。

「國久様、雪那様、この度はご婚約おめでとうございます。我ら家臣一同、お二人の吉事《きちじ》を心よりお祝い申し上げます」

そしてようやく饕餮城まで戻ってきた俺と雪那は今、城の広間の上座に並んで座り、両拳を床に付けて頭を下げる家臣たちから祝いの言葉を受けていた。

「雪那様におかれましては、何か御用向きがございますれば、この華衆院《かしゅういん》家筆頭《けひっとう》家老《かろう》、松野重文にいつでもお申し付けくだされ」

「ありがとうございます、松野殿……不肖《ふしょう》の身なれど、華衆院家に嫁《とつ》ぐからには、お家の為、夫君《ふくん》の為に邁進《まいしん》させていただきますので、皆さんもこれからよろしくお願いいたします」

穏やかな声と共に微笑みかける雪那に、家臣たちの強張《こわば》った体が解れるのが分かった。実際に会って話しているのを見て、雪那が悪い噂を流されるような人格の持ち主ではないと再認識できたのだろう。皇族から出迎えた姫を前にして、やや緊張した様子だった家臣たちが、少しばかりリラックスするのが見て取れた。

「そう仰《おつしや》っていただけると、この老骨《ろうこつ》も助かりまする。國久様をお支えするのは何かと骨が折れますが、なにとぞよろしくお願いいたします」

「おい待て重文。まるで俺と結婚すると苦労するみたいなことを言うんじゃない。これからの生活に不安を抱かれたらどうする？」

「実際にそうではありませぬか。これまで家を継ぐ気がないと我々に心労をかけてきた國久様が、雪那様をどうしても娶《めと》りたいからと突然当主の座に就《つ》くと言い出して……我々がどれだけ振り回されたのか知らぬわけではございますまい」

それを聞いた家臣たちから「確かに」とか、「聞いた時は驚いた」といった言葉が、笑い声と一緒に出てくる。

「ちょっ⁉　寄って集《たか》って重文の味方になるのは卑怯だろお前ら！」

ぐぬぬ……！　確かに否定できないけど、何というアウェー感だ……！　重文以外の家臣にも、子供の頃から何かと世話になっているから、あんまり強く出られないってのに。

呆《あき》れられてないかと不安になってチラリと横目で雪那を盗み見てみると、これと言ってマイナス方面の感情は出していないようなので、ひとまず安心する。……というか何か、ちょっと驚いてる？　よく分からないが、とにかくそんな顔をしている。

「ええい、家督を継ぐと決めてからは真面目に仕事してるんだから時効だ時効！　それよりも、今後のことを話していくぞ！」

このまま昔話に発展し、俺の黒歴史を掘り返されたら堪《たま》ったもんじゃないので、強引に話をすり替える。

正式な婚約祝いの席の準備に、華衆院家当主の正室として雪那に覚えてもらう項目、今後の領地運営の方針といったことの確認とすり合わせを終わらせ、俺は雪那を準備しておいた私室へと案内していた。

「……華衆院殿と臣下の皆様は、仲が良いのですね」

その道すがら、雪那は俺にそんな事を聞いてきた。今世で初めて聞かれるような質問だったので、少し頭の中で整理してから俺は答える。

「そう……ですね。重文たちとは主従関係にありますけど、その前に家族みたいな間柄だと感じています」

「家族……ですか？」

「ええ。何せ子供の頃から見知った間柄で、ずっと世話になりっぱなしですからね。俺からすれば父でもあり、兄でもある……そんな風に感じる家臣も多いんです」

まぁ向こうはどう思ってるかは知らんけど。雪那と出会う以前の俺は家督を継ぐ気が一切ない放蕩息子《ほうとうむすこ》だったし、あいつらにかなり手を焼かせてたからな。俺の事を先代当主のバカ息子と内心で思ってても不思議じゃない。

……ただそれでも、公の場でなければ気安く接することができる間柄であるのは確かだ。

「おかげで次期当主の座に就いた今でも、『あのやんちゃだった國久様も成長なされた』ってよく揶揄《からか》われます」

「まぁ……そうなのですね」

少しおどけて言うと、雪那は小さく笑った。

「華衆院殿の気持ち、少しだけ分かります。私も宮子に、よく昔のことを引き合いに出されて揶揄われてしまいますから」

「そうなんですか？　だったら私と同じですね」

「ふふ……そうですね。一緒です」

「付き合いが長いと、どうしても自分の恥ずかしいところとかも知られてしまいますからね。特に重文には散々苦労掛けましたから、何かと頭が上がりませんよ」

そう笑い合っていると、何だか俺たちの間にあった壁が無くなったような感じがして、俺は内心で全力のガッツポーズをとる。

（よっしゃああああああああああっ！　重文たちナイスファインプレェェェエエエエエエエエエエッ！）

狙ってやったことじゃないだろうけど、結果的には「臣下と仲良くしている」という、お互いの共通点を見つけられて親近感が生まれた。

趣味にしろ、思想にしろ、やっぱり人と仲良くなるには共通点があるのと無いのとでは全然違うからな。この調子でじっくりと確実に距離を縮めていきたい。

「さぁ、着きました。こちらが殿下の部屋になります」

しかし楽しい時間というのはあっという間に過ぎていくもので、気が付けば雪那の為に用意しておいた部屋の前まで来ていた。

饕餮城……というか、大和帝国の貴族が住む城館に共通して言えることなんだけど、城というのは基本的に表御殿《おもてごてん》と奥御殿の二つに分かれている。

表御殿が家臣たちと仕事をするための建物、奥御殿が領主一家が暮らす生活スペースって感じだ。雪那に用意した部屋は、表御殿と屋根付きの渡り廊下《ろうか》で繋がっている奥御殿の中でも、城主の私室に並んで豪華《ごうか》な造りをした、歴代の華衆院家正室が使っていた部屋である。

「…………………」

「……殿下？　何か不満でもありましたか？」

部屋を見てあんぐりと口を開けている雪那にそう問いかけると、雪那は慌《あわ》てた様子でブンブンと首を左右に振った。

「いいえっ。このような素敵なお部屋に不満など、あるはずもありません。……ただ、その……ここまで豪華な部屋に入ること自体が初めてなので、圧倒されてしまって……」

「あぁー……なるほど」

今まで古臭い庵《いおり》で十三年暮らしてきて、ついこの間首都の別邸に移ったばかりの雪那には、国内屈指の大貴族である華衆院家の正室の為に造られた部屋は刺激が強かったらしい。庵どころか別邸と比べても部屋の広さは段違いだし、調度品のランクも桁違《けたちが》いだしな。

まぁ不満とか問題とかはなさそうなので、それでよしとしよう。

「この部屋は調度品に至るまで自由に使ってもらって構いません。何か追加で欲しい物でもあれば、いつでも言ってもらっていいですし」

「欲しいもの……ですか……？」

「何かありませんか？　殿下の好きな物を取り揃えますが」

「私の好きなもの……」

そう呟くなり、黙りこくってしまう雪那。……ええっと、これはもしかして……。

「もしかして、好きな物とか、そういうのは無かったりしますか？　趣味とかそういうのは？」

「ご、ごめんなさい。黄龍城にいた時は生活できるだけの金銭は貰っていましたが、娯楽に使うだけの余裕は無くて……趣味となると、宮子と談笑するのが、そうでしょうか……？」

「友人との談笑は趣味の範疇《はんちゅう》に入れていいんですかね？」

あながち否定はできないけど、趣味と呼ぶにはあまりにも質素すぎて判断に困る。

（ていうかマジかよ。いくら疎まれてたからって、皇女にそこまでギリギリの生活を強《し》いるか？　普通）

俺が多額の小遣いをフル活用して遊び惚けている間も、雪那は親族臣下から疎まれる中、宮子と笑い合いながら話す事だけを慰《なぐさ》めに生きてきたんだと思うと、涙が出てきそうだ……！　これはもう、俺が全力で甘やかして幸せにするしかないな。

「つまり……金はあっても欲しい物が思いつかないと？」

「そう、ですね。華衆院殿が私の為に多額の予算を用意してくれることは嬉しく思いますが、それをどう使えば良いのか……」

今まで遊興費《ゆうこうひ》が無いのが当たり前の生活だった上に、原作知識に加えて実際に接してみた限りだと、かなり控えめな性格をしてるからな。巨額の小遣いを渡しても、逆に困ってしまうのかもしれない。

しかし同時にこうも思った……これはむしろ、チャンスなのではなかろうかと。

「では雪那殿下。提案があるのですが……未だ付き合いの短い婚約者同士、お互いの事をよく知る為に、私と逢《あ》い引《び》きをしていただけませんか？」

「あ、逢い引きっ⁉」

俺からの誘いに雪那は一気に顔を赤くする。

逢い引き……簡単に言うとデートの事だ。正直な話、デートの誘い方にちょっと頭を悩ませてたから、今回の雪那の話を聞いて遊びに連れ出す丁度《ちょうど》いい機会だと思ったのである。

「そう難しく考える必要はありませんよ。饕餮城が建てられているこの街は、国内外から様々な人や物が集まる大和帝国でも有数の大都市。出歩くだけでも様々な出会いがある事でしょう。せっかく引っ越してきたのですから、この街で殿下の好きな物を見つけに行くというのはどうでしょうか？　この街は私の庭も同然ですから、色々と案内もできますよ」

「あ、あぁ！　なるほど、そういう事でしたか。……それならお願いしてもよろしいですか？　華衆院殿」

「ええ。もちろんです」

何だかホッとしたような、残念なような、何とも言《い》い難《がた》い表情を浮かべる雪那。大方、逢い引きというのは口実で俺が街の案内を買って出たのだと、そう思っていそうな顔だ。

当然、そんな勘違いはさっさと訂正するに限る。

「……当然、私が貴女と逢い引きしたいというのが本音ですがね。婚約したあの日、貴女を全力で口説き落とすと言ったことを、どうか忘れないでください」

「あ、あわわわわわわわわわわ……！」

自前のイケメンフェイスとイケボをフル活用してそう呟くと、雪那は耳まで真っ赤にして俯《うつむ》いてしまう。

客観的に見て、「ナルシストっぽいセリフだなぁ」っていう自覚はあるけど、そんな事は知ったこっちゃない。地位も金もあるイケメンに転生したんだ。雪那を口説き落とすのに使えるものなら、金だろうが地位だろうが外見だろうが、何でも利用してやる。

＝＝＝＝＝

そんなこんなでデートの予定を組み立て、領主としての仕事とか正室教育の時機《じき》を見て決めたデートの当日。

自分の馬を奥御殿の前まで引っ張ってきた俺は、玄関《げんかん》で待っていた雪那を迎えに行った。

「お待たせしました、殿下」

「華衆院殿……今日のその、あ、あああ逢い引きには……馬で行くのですか？」

「ええ。歩いて回るには、この街は広いですからね。殿下は馬に乗るのは初めてと言っていましたね」

「は、はい。だから少し、緊張してしまって……」

「大丈夫です。こいつは大人しい馬ですし、今日は機嫌が良いようですから。……それじゃあ、失礼しますね、殿下」

「え……？　きゃあああっ⁉」

俺は身体強化の魔術を発動し、そのまま雪那をお姫様抱っこをする。

「か、華衆院殿⁉　一体何を……⁉」

「何って、こうしないと乗せられませんからね」

俺はまだ十三歳で肉体的には成長途中。背丈《せたけ》も決して高いとは言えないんだけど、それでも身体強化を使えば小柄《こがら》な雪那を持ち上げるくらい、同サイズの発泡スチロールを持ち上げるみたいなもんだ。

そしてそのままの状態で地属性魔術を発動し、足元の地面を隆起《りゅうき》させてそれを踏み台にし、雪那に必要以上に負担をかけることなくスムーズに馬に跨った。

（刀夜対策だけじゃなく、こうやってスマートに雪那と相乗りができるようになるなんて……！　地属性魔術を重点的に練習しててよかったぁ！）

やはり自分の判断に間違いはなかったのだと改めて再認識し、俺は自分の前に雪那を座らせた状態で手綱《たづな》を握り、馬の腹を軽く蹴った。

「それじゃあ出発しましょうか。決して落としたりしませんが、念のために私の服を摑《つか》んでてくれますか？」

「は、はい……！」

饕餮城の門を出て、俺たちは馬に乗りながら城下町を進む。

自分で豪語するだけあって、華衆院領の城下町は首都以上に発展している。イメージ的には、徳川幕府のお膝元だったという江戸や、昔の日本の流通拠点だった堺とでも言えば良いんだろうか？

（俺自身、昔の日本の光景なんて直接見たことが無いから上手い例え方が思いつかないんだけど、江戸時代くらいの日本の都会もこんな感じだったんだろうな）

茶屋や呉服屋、鍛冶場に工房と、建ち並ぶ店も多いし、港もあって海外からの貿易船も来てるし、前領主であった母を始めとした歴代当主の手腕も相まって、華衆院領は帝国でも屈指の賑わいと発展を見せている。

「雪那殿下、初めての馬の乗り心地はどうですか？　気分が悪くなったりしなければいいんですが」

「そ、そちらは大丈夫です……で、ですが、その……公衆の面前でこれは、恥ずかしいものが……！」

これ……とは、鞍に跨った俺が、横向きで馬に座る雪那を後ろから抱きしめるように手綱を握っている状態の事を言っているんだろう。

それに関しては、正直に言って俺もかなり恥ずかしい。俺の顔は城下町じゃ有名だし、見知った顔も多いのだ。おかげでさっきから行き交う人間全員からジロジロと見られるもんだから、俺の中の童貞魂が「今すぐ目立たないように動こう、そうしよう！」と叫んでいる。

（でもせっかくのデートなのに、まるで流浪人《るろうにん》みたいにコソコソさせるのもな）

好きな女をエスコートするのに、相手に不便を掛けさせるのも良くない。……まぁこうやって移動すれば注目を集めるから究極の二択ではあったんだけど、次期領主とその正室になるって二人が城下町で堂々とデートすることの何が悪いんだって話だし。

幸いにも、華衆院領では忌み子に関する偏見は殆《ほと》ど存在しない。あれは元々、妖魔の被害が大きい東部を中心に広まっている迷信だし、防衛がしっかりしてて、比較的妖魔の被害が少ない領地では殆ど信じられていないのだ。だからこの城下町では、忌み子だからと雪那が周りの目を気にする必要はない。

「か、華衆院殿はなんだか手慣れていますね……こういう経験は、豊富なのでしょうか……？」

すぐ下から聞こえてくる雪那の声には、若干《じゃっかん》不安が混じっているように感じた。

……これはいかんと、俺は思った。もしかしたら、十三歳にして女遊びに慣れているプレイボーイなんていう、軽薄な男みたいな印象を持たれつつあるのではないかと。

「そうでもありませんよ。何せ初めての逢い引きですから、格好悪いところは見せまいと、これでもかなり必死です。おかげでさっきから心臓がバクバク鳴ってますよ」

俺は理性を総動員させながら、表面上は平静を保ちつつ、本音を口にする。変な誤魔化しは余計な誤解を招く。ここは恥をかいてでも、素直に答えるのが吉だろう。

「……本当、ですね。心臓が早鐘を打っているのが分かります」

雪那は片手で俺の着物の左胸辺りを摑んで、そう呟《つぶや》く。

こう改めて確認されるのはこっ恥ずかしいが、理性をフル稼働して全力で面に出さないようにする。そのくらい必死に自制しないと、変顔を晒《さら》してしまいそうだからだ。

(だってね、すっごい良い匂いがすぐ真下から漂ってくるんだもの!)

魔術の創始者となった人物は、人間が清潔であることの重要性を誰よりも理解していて、それらの問題を解決する魔術の開発にかなり力を入れていたらしい。

だから一見すると江戸時代くらいの文明レベルのこの世界では、構造は大きく異なるが水回りが平成の日本と比べても遜色《そんしょく》がないくらい発展している。トイレは水洗だし、糞尿は自動で一か所に集められて処理されるし、石鹸《せっけん》もあって熱湯も魔術で生成できるから毎日湯船に湯を張って風呂に入れるときたもんだ。

(だから前世での中世みたいに、貴族ですら不潔みたいなことはない……それは喜ばしい事なんだけど、今この状況で萎《な》える要素が一切無いっていうのも問題だ!)

幸いにも、お互い厚手の着物を着ているが、気を付けなければならない。具体的に何がとは言わないけど、腰の位置とか角度とか、色々な。

「さて、殿下はどこか気になる店とかはありますか? なかったら女性が気に入りそうなところを順番に巡りますが」

「……そうですね。それでは、華衆院殿にお任せしてもよろしいですか?」

「心得ました」

この城下町は俺の庭同然だ。女性に人気の店というのも把握《はあく》している。その中でも自信を持ってお勧めできる店に連れて行くとしよう。

(これまで着飾ることができない環境にいたから、そっち方面の好みを開拓するのにはまだ時間が掛かるだろうが……食い物なら自分の好みを見つけやすいだろ)

今回のデートの名目は、雪那の好きな物を見つけることだ。人間にとって一番身近な食事なら、万人共通で楽しめるはず。その為に時間を調整して、小腹が空くこの時間帯にデートに出かけたんだからな。

「あー！　國久様が女の人と逢い引きしてるー！」

そうして目的地を決めて街を進んでいると、十歳にも届いていないような子供の集団が、俺たちを指さし叫んでいた。

「もしかしてこの人が國久様のお嫁さん？」

「馬鹿、婚約者だよ！」

「それってどう違うの？」

「わぁー……！　きれーな人……本物のお姫様だぁ！」

そいつらは城下に遊びに行くと何かと会う事が多い、俺にとっても馴染《なじ》みの連中だ。

「おー、お前らか。悪いが今日は遊んでやんねぇぞ。これから俺は逢い引きなんだ」

「えー。戻ってきたって聞いたから独楽《こま》持ってきたのにー」

「馬鹿、こういうのは邪魔しちゃダメなの！」

「それじゃあ國久様。また一緒に遊んでねー」

元気よく走り去っていく子供たちを見送ると、今度は馴染みの店の店頭に立っている男に話しかけられる。

「おかえりなさいませ國久様！　そちらの可憐な女性はもしや……」

「婚約者になった雪那殿下だ。よろしくしてやってくれ」

「おお、やはりそうでしたか！　という事は今は逢い引き中でしたか？　これはとんだ邪魔をしてしまいました」

「気にすんな。それより、エルドラド王国から新しい貿易品は届いているか？　後でお前の店を覗《のぞ》きに行こうと思ってたんだけど」

「ええ、ええ！　昨日丁度入荷されまして！　興味がおありでしたらいつでもご来店ください」

そんな事を話していると、またしても見知った町人たちが俺に話しかけてくる。

「おかえり國久様！　そっちの別嬪《べっぴん》さんはもしかして噂の婚約者様ですかい？」

「はぁ～……あのやんちゃな國久様も結婚相手を見つけてくる歳になったんだねぇ」

こんな感じで、多くの店が立ち並ぶ人目が多い大通りを進んでいけば、顔馴染みの町民たちがひっきりなしに話しかけてくる。

どうやら俺が婚約者を連れて戻ってきたことが、思った以上の話題を呼んでいるらしい。皆が皆、雪那に興味津々《きょうみしんしん》だ。

「ええい、また今度紹介すっから散れ散れ！　今、俺たちは逢い引き中なんだよ！」

このままではいつまで経っても解放してもらえない……そんな流れをぶった切り、馬を走らせて先へ進む。

何かもう、スマートに雪那をエスコートしようと頑張ってたのが台無しになった感がある。近場で逢い引きするっていうのも、色々と考えものだ。

「……華衆院殿は、家臣の方々だけでなく、領民からも慕われているのですね」

「まぁ子供の頃から城下町が遊び場ですからね。身分関係なく仲良くしている人間も多いんです」

幸いにも、雪那は気を悪くした様子はなく、穏《おだ》やかに微笑んでいたというのが救いか。

そんな事を話していると、城下町でも評判であり、俺の行きつけでもある茶屋に到着した。近場に馬を止めて店の前まで行くと、黒髪の看板娘が俺たちを出迎えてくれた。

「いらっしゃい、國久様！　……っと、そちらの方ってもしかして……！」

「この度俺の婚約者となった、天龍院《てんりゅういん》雪那殿下だ。席は空いているか、奈津《なつ》」

「その方が噂の！　はぁ～……評判通りのお綺麗な人ですねぇ！　ささっ、どうぞこちらへ！」

これまた俺にとっても馴染みの看板娘である奈津に先導されて、俺たちは店でも一番良い席へと座る。

店内は和風ファンタジーと呼ぶには似つかわしくない、テーブルや椅子が並べられた西洋よりの内装となっていた。俺が椅子を引いて雪那に座るように促すと、彼女はおっかなびっくりといった感じで椅子《いす》に座る。

「随分《ずいぶん》と変わった内装ですね。この卓なども、見たことがありません」

「この店は貿易に来た外国人でも気軽に使える店として建てられましたからね。品書きはもちろん、内装にも海外の文化が取り入れられているんですよ」

城下町には茶屋は幾《いく》つもあるが、そこで扱っているのは饅頭《まんじゆう》や団子《だんご》のような和菓子がメイン。海外から伝わった菓子を楽しめるのは、華衆院領でもこの店だけである。

今の大和帝国で洋菓子を楽しめる店自体少ない。砂糖を始めとした材料が大量に手に入る上に製菓技術も高い職人を多く抱えている華衆院領では庶民《しよみん》でも手を出せるリーズナブルな値段設定になっているが、これが他の領地となると高級菓子なのだ。皇族ですら気軽には食べられない。

「海外の人間は畳の上に座るのではなく、土間の上に机や椅子を置いてそこに座る文化が当たり前なのだとか。だからそういう貿易に来た者たちに合わせた店構えになっているんですが、それが発端になって大和帝国では徐々に海外の文化が地元民の間にも浸透してきているそうですよ」

「なるほど……海の外の影響力とは、それほどまでに大きいのですね」

デート中にうんちくを垂れ流すのも良くないと思ったんだが、雪那は興味深そうに呟きながら周囲をつぶさに観察している。……そういえば、原作でも雪那は知識欲が強いキャラとして描かれてたな。何らかの質問を受けた時にスマートに格好良く答えられるよう、色々と知識を蓄えておくのも良いかもしれん。

「この店も、物珍しいだけではなくて味も保証できます。おすすめはカステラですね」

前世での歴史よろしく、この世界でもカステラは大和帝国の海外から伝わってきた菓子だ。味に癖《くせ》もなく、食感も匂いも味も良いことから、この茶屋では看板メニューとして扱われている。

「で、ではそれで……」

「分かりました。奈津、注文だ！」

「はーい、ただいま伺います！」

元気よく注文に応じた奈津を待つこと数分。カステラが載《の》った陶器《とうき》の皿が運ばれてきた。

「それではごゆっくりどうぞー」

冷遇されてきた雪那はおろか、皇族でもそうそう食べられない黄色い生地《きじ》の菓子を物珍しそうに眺め、添えられている楊枝でおっかなびっくりカステラを突《つつ》き始める雪那。

「わ……わわ……っ」

カステラの想像以上の柔らかさに驚いているのか、言葉にならない声を漏らす雪那。

その様子はどこか幼い子供のようで、俺の目には無性《むしょう》に可愛らしく映った。

やがて意を決したように、雪那は均等に切り分けられたカステラを更に細かく楊枝で切り分け、恐る恐る口へ運ぶ。

「……！」

恐らく人生で初めて口にする味に驚いたような顔をしながら、ゆっくりと咀嚼《そしゃく》して飲み込む雪那。その表情からはいまいち感情が読み取れないが、少なくとも悪くは思っていないみたいだ。

「どうです？　中々の味でしょう？」

「は、はい……！　このような物を口にしたのは初めてで、上手くは言えないのですが……とても、美味しゅうございますっ」

少しだけ興奮したようにワタワタとしながら答える。どうやら雪那はカステラを気に入ってくれたらしい。

好きな女の事となると、はしゃいでいる様子も可愛く見える。そんな様子をもっと見たくなって、俺は自分用に注文した菓子を小匙《こさじ》で一掬《ひとすく》いした。

「ではこれも一口召し上がってみますか？　本場の海外でも目新しい菓子なのですが……」

俺が注文した菓子……それはそれは表面がツルツルした湯飲みのような陶器を器にして作られたプリン……この世界で言うところの、プディングだ。

世界観的には中世っぽい【ドキ恋】の世界だが、魔術が発展しているだけあって比較的近代よりの品も存在する。作るのに冷蔵庫が必須のプディングも、その内の一つだ。

「で、ですがそれは華衆院殿の分では……」

「お気になさらず。私はこの店の常連でしてね、ここの菓子は全種類食べたことがあるのですよ」

そう言いながら俺はプディングが載った小匙をそっと雪那に向ける。

「さ、どうぞ」

いわゆる、「あーん」である。前世におけるカップルの定番行為みたいなもんだけど、それはこの世界でも同じであり、雪那は一気に顔を赤く染めた。

「あ、あの華衆院殿……！　さ、さすがにそれはぁ……！」

意味もなく辺りを見回してオロオロする雪那。その様子を堪能している俺が引く様子がないと悟ったのか、やがて彼女は覚悟を決めたようにそっとプディングを口に含む。

「…………っ⁉」

そんな俺たちの様子を周りの客や奈津たち従業員が生暖かい目で眺めているのにようやく気が付いたのか、雪那は堪えきれないとばかりに真っ赤になった顔を両手で覆ってしまう。

そんな仕草が堪らなく可愛らしくて、俺はくつくつと忍び笑いを零した。

＝＝＝＝＝

その後、俺たちはそれ以上の邪魔が入ることはなく順調にデートすることができた。

呉服屋《ごふくや》に行ったり、簪《かんざし》や櫛《くし》を取り扱っている店に行ったり、雪那が興味を惹かれて鍛《か》冶場《じば》や工房が密集している区画の見学に行ったり。

そして今、俺はデートの締めとして城下町を一望できる高台へと雪那を連れて来ていた。

「どうです？　ここは私のお気に入りの場所なんですが、気に入ってくれましたか？」

「はい。とても素晴らしい景色です」

夕焼けに染まる城下の町並みを見て、雪那は弾《はず》んだ声で答えてくれる
「この領地は素晴らしいところですね。素晴らしい物で溢れ、人々は活気に満ちている。ここに来てまだ間もないですが、私もこの領地が好きになれるのではと、そう思います」

「本当ですか？」

「はい。領民たちは皆優しかったですし、ご馳走《ちそう》になったカステラも、美味しかったですしね」

それを聞いて、俺は心からホッとできた。色々と予期せぬトラブルに見舞われたが、初デートとしては成功なんじゃなかろうか。

「……ですが、余計に分からなくなりました。華衆院殿はどうして私などを好きになってくれたのかと」

そんな風に浮ついていると、雪那は急に声のトーンを落として呟く。

「初めて会った時、貴方は私の事を『他人を思いやれる好感を持てる人物』であると評してくれましたが、私自身は自分の事をそうは思っていません。黄龍城での暮らしの中、家族に疎まれ臣下に見下される事実に、私の胸には醜《みにく》い感情が何度も宿りました。宮子の存在が無ければ、今の私がどのようになっていたのか、見当もつきません」

そうだろうなって、俺は思った。原作を知る転生者として、雪那が辿っていたであろう未来を知る人間として、極々自然に彼女の言葉を受け入れる。

「華衆院殿は、家臣だけでなく領民からも慕われる素晴らしい人です。そのような方に嫁げるというのは、政略結婚が当然の皇族として幸運に他ならないと思いますが、貴方なら他にもっと素晴らしい女性を娶ることもできた筈です」

……それはどうなんだろう？　慕われてるっていうか、舐められてる割合もかなり大きいぞ。何せ碌《ろく》に結果も出していない、ちょっと前まで家督を継ぐ気もなく遊び惚けてた放蕩息子として有名だったたし。

まぁ現代日本から転生したのもあって、身分差とか気にしないから、家臣や領民からすればかなり接しやすい領主だと思うけど。

「改めて聞かせてください。どうして華衆院殿は私の事が好きになったのですか？」

……ここは大きな分水嶺《ぶんすいれい》だ。どんな答えを出すかで未来が変わると、俺は感じ取った。でもまぁ、難しく考える必要もないとも感じた。ありのままの理由を答えればいいと。

「はっきり言って……外見が凄い好みだったからです。それで何となく気が合いそうだから求婚しました」

「え……えぇ？」

まさか外見が理由に挙げられるなんて思ってなかったのか、驚いたような、呆れたような声を上げる雪那だったけど、本当にそれが理由だったんだから仕方がない。とってつけたような誤魔化しなんて通用しなそうだったたし、だったらこっちも本音でぶつかるしかないだろ。

「そもそも、人が人を好きになるのに大層な理由なんて必要ありませんよ。外見が好みで、何となく性格が良さそうだった。結婚したいと思うようになるのに十分な理由です」

「で、ですが私はそこまで褒められた性格ではないと思うのですが……」

「悪感情を抱かない人間なんていやしません。自分の事が不当に扱われたら怒るなんて、人間なら当たり前です」

性格になんの瑕疵もない人間としか結婚したくないなんて言ってたら、俺は一生結婚できないだろう。

雪那だって、何でも笑って許せる完全無欠の聖人君子《せいじんくんし》って訳じゃない。そんな事は原作知識で承知の上で、俺は求婚したんだ。

それに基本的に善良であることに変わりはないし、俺が求婚を渋る理由にはならない。

「殿下、細かい事は気にしなくても良いんですよ。そりゃあ一緒に暮らすからには互いの嫌なところだって見つけることになると思いますけど、それ以上に好きになれるところを見つけていく……それが仲の良い夫婦になる秘訣なんじゃないかって思いますし、殿下とそういう関係を築いていきたい」

雪那が断れない形で婚約して、俺自身簡単に手放してやる気が無いっていうのが恐縮だけど、これが俺の偽らざる本音だ。

「本当に、そんなことでいいのでしょうか？」

「そんな事でいいんです。政略結婚が当たり前の今の時代、結婚してから互いの良いところを見つけて好きになっていく関係も、悪くないと思いません？　そういう夫婦だって世の中にはごまんといる訳ですし、殿下の悩みは大したことじゃないですよ」

「……確かに、そうかもしれませんね」

そしてようやく笑ってくれた雪那の姿は、夕日の補正もあって本当に綺麗だった。

「まだ貴方の事を、その……異性として好きになれるかどうかは分かりません。判断を下すには、まだまだ華衆院殿の事を知らなすぎるから。それでも、貴方と互いを尊重し合える夫婦にはなってみたいと、今は本心から言えます」

「という事は……！」

「まだまだ不肖の婚約者ではありますが、より良い妻になれるよう努力しますので、その……改めて、よろしくお願いできますか？」

「ええ、もちろんです」

キ・タ・コ・レ!!

雪那を俺との結婚に前向きにさせることに成功したぞ！　ついに俺の真心が届いたんだ！

雪那の好感度を上げるにしても、本人にその気がないと始まらない。金の力をフル活用して無理矢理結んだ婚約だったから、ぶっちゃけかなり不安だったんだけど、これでようやく本当の意味でスタート地点に立てた！

「それで、ですね。華衆院殿……一つ、お願いしてもよろしいでしょうか？」

内心でブレイクダンスを踊りたくなるくらい舞い上がっていると、雪那はおずおずと恥ずかしそうにそう聞いてきた。

「はい、もちろんです。何でしょうか？」

「私の事は名前で呼んで、話す時は敬語を外すことは、できるでしょうか……？」

これには俺も驚いた。婚約者とはいえ、相手は皇族。だから俺は雪那の事を敬称付きで呼んで、話す時は敬語で話してたんだけど、まさかこんな早い段階でそれを外す許可を本人が出すとは。

「家臣や領民の方々と話す時と、私と話す時とでは随分《ずいぶん》違うと思っていて……これから夫婦になるのでしたら、もっと自然体で話せるようになれたら……嬉しい、です」

指を捏《こ》ね、顔を赤くしながら呟く雪那はべらぼうに可愛かった。思わず抱きしめたくなる衝動に駆られるが、俺はそれをグッと我慢して表情を引き締める。

「……分かった。それじゃあこれからは普通に話させてもらう。これでいいか？　雪那」

「は、はい……！　大丈夫です」

「しかしそうなると、俺の事も名前で呼んでくれないとな。いつまでも華衆院殿なんて他人行儀な呼び方をするのもどうかと思うし」

「た、確かにそうですね……で、では……！」

雪那は意を決したかのように息を吸い込み、顔を耳まで赤くしながら消え入るような声で、俺の名前を呼んだ。

「く……國久、様……〰〰っ！」

男の名前を呼ぶだけで、恥ずかしさのあまり悶える雪那だったけど、呼ばれた当人の俺は嬉しさのあまり昇天しかけた。

たかが名前呼びで大げさだと思うだろ？　しかし、好きな女から恥ずかしそうに様付きで名前で呼ばれるというシチュエーションは、前世含めて三十年以上童貞だったオタク男子にはあまりにも衝撃的なのである。

まぁそんなこんなで、ようやく本当の意味で婚約者になれた俺たち。そうして互いの事を知りながら関係を深めていき、気が付けば二年の月日が流れていた。

参章　忌み子皇女の変心

饕餮城《とうてつじょう》の裏手にある岩山……その跡地。十三歳からそこで本格的に魔術を始め、十五歳の今となっては、すでに山の体を成していない、大小様々の岩が散乱するその場所に俺は来ていた。

有り体《あ　てい》に言えば……魔術の練習のしすぎで、山を一つ潰したのである。元が小山だったとはいえ、地属性魔術による地形の変動は俺の想像を絶するものがあり、この二年間毎日地属性魔術ばっかり練習した結果、気が付けば山が無くなっちゃったんだよね。

「ま、邪魔な岩山が消えた分には皆から感謝されたから、何の問題もないんだけど」

元々、饕餮城裏手の岩山は、これといった資源も採掘されなければ、有用な植物も生えてこない、食い物になる禽獣《きんじゅう》もいない、ただただ交通を妨げる邪魔な不良債権みたいなもんだった。それを潰しただけでも感謝されたし、華衆院領は当分石材に困ることも無くなったわけである。

「とは言っても、今日限りでここも魔術の練習には使えなくなるんだけどな」

せっかく邪魔な山が消えたのに、空《あ》いたスペースを有効活用しないなんて手はない。華衆院家《かしゅういんけ》では今、新しい都市計画を立ち上げている真っ最中だ。俺が今日この場所に来たのは新作魔術の実験っていうのもあるんだけど、残った大岩を砕いて処理しやすくする為でもある。

「さて……そんじゃあ、始めるか」

俺は散乱している岩の中でも、俺自身よりも大きな大岩を幾《いく》つか見繕《みつくろ》い、地属性魔術で浮かせてそれらを縦に並べる。そして俺は、あらかじめこの場所に持ってきていた、大きさ一メートル四方くらいの正方形の鉄塊に地属性魔術を掛けた。

すると綺麗《きれい》な正方形だった鉄塊はあっという間に形を変え、俺の身の丈《たけ》ほどの大きさがありそうな太く長い鉄杭へと姿を変えた。

「……俺の地属性魔術も、遂にこの段階まで来たな」

そう、今の俺の地属性魔術は、岩や砂だけでなく、金属まで自在に操ることが可能となったのだ。でなければ、今の製鉄技術で一メートルもある正方形の鉄塊なんて作れないしな。

「更にこれに対して雷属性魔術を付与《ふよ》して……と」

地属性魔術で浮かせた鉄杭に対して、雷属性魔術によって強力な電撃を付与する。その出力は明るい日中でも目が眩《くら》むような雷光を放つほどだ。これに触れた生物はただでは済まないだろう。

更にそこに回転、磁力を加えていき……渾身《こんしん》の力を込めて、並べた大岩に向けて射出した。

「吹き飛べ……！」

目にも留まらない速さで射出された、強烈な電撃を帯びた鉄杭は、そのまま全ての大岩を貫通する。

電磁加速で鉄塊を撃ち出す兵器……所謂《いわゆる》、レールガンって奴を魔術で再現したのだ。その威力と効果はご覧の通り、大岩を障子のように突き破り、地属性魔術によって状態が維持された鉄杭は、煙を上げてこそいるが傷一つ付いていない。

「新作合体魔術、【鳴神之槍《なるかみのやり》】……ようやく完成ってところか？」

繰り返して言うが、妖魔《ようま》と戦うのは領主の役目であり、領主自ら戦場に出ることで兵士たちの士気が上がる。前世における近代的な兵法じゃ考えられないような事なんだろうが、魔術によって一騎当千の強者が頻繁《ひんぱん》に生まれるこの世界においては、領主が妖魔と戦う力を示すことで兵や領民に「この人に付いて行こう」と思わせることができるのだ。

「それにラスボスや内乱パートの事を考えると、鍛《きた》える時間はどれだけあっても足りやしないし」

ラスボス自体の強さもさることながら、妖魔の王であるラスボスが動き出すことで大和帝国中《やまとていこくじゅう》の妖魔が一気に活性化するというのが原作のシナリオだったはずだ。

しかも皇帝が死んだ後は帝国の新たな統治権を巡って各地で内乱が起こるし、そうなったら原作でもチート扱いされていた武闘派ヒロインたちとの戦いも待っている可能性が十分ある。

「この二年で、皇族《こうぞく》は求心力が更に落ちてるからな。このまま皇帝が死んだら、マジで原作通り内乱が起こりかねん」

ただでさえ金が無いっていうのもあったんだけど、それが改善される予兆がまるで見られないから、各地の領主からも若干《じゃっかん》見放され気味だ。

新たな商会を立ち上げたり、名産品を作ろうとしたりと、皇族も色々と手を打ってるんだけど、いずれもあまり上手《うま》くいっていないし、それどころか貴族たちから借金までしているくらいだ。そりゃあ求心力も落ちるだろう。

少なくとも、死んだ皇帝に代わって、いきなり若い皇女を新たな統治者と認める貴族はまずいない。原作でも、後ろ盾に名乗り出て美春《みはる》を傀儡《かいらい》にしようっていうキャラも多かったしな。

「そんな色んな意味でヤバい国を、有力者ヒロイン全員ハーレムに加えることで仲良くさせて、そのまま帝国を平和に持っていくんだから、やっぱり原作と主人公ってぶっ飛んでるわ」

いずれにせよ、長らく続いた平和が終わる可能性は高い。だから俺は軍事力を強化したり、俺自身が強大な魔術師になるように色々と努力したりしてた訳である。

二年前、同じ場所で目標とした、地属性魔術をベースとした万能型超火力魔術師にも着々と近づいている。その過程で新たに身に付けたのが、地と雷の合体魔術である【鳴神之槍】という訳だ。

「成果は上々、強化と最適化を突き詰めていけば俺の強力な切り札になりそうだが……」

鉄は岩を操るよりも強度と貫通力、切れ味や雷属性との親和性といった強みを得やすいが、そもそも鉄を大量に用意すること自体が難しいから、物量攻撃には向いていない。

一対一での戦いなら有用性は高いが、妖魔は群れることも多いし、他所《よそ》の領主との戦いとなれば他の兵士の相手もする必要がある。そして何より総合的な破壊力で言えば、地面を操って大質量の攻撃をした方が上だ。

「鉄を操れるようになったことも、その為の鉄を用意したことも後悔はしてないけど……これらを差し引いてでも鉄を操って戦うメリットがあるのかって話なんだよなぁ」

ぶっちゃけ、地面を直接操った方が早いし強いのだ。

岩石を操る事との差別化を図《はか》るなら、膨大《ぼうだい》な量の鉄を用意する必要があると、俺は考えている。しかし俺が戦う為だけに、それだけの量の鉄を用意するというのも現実的じやない。鉄は色んな所で必要とされてるんだからな。

となるとどうするべきか？　新しい鉱山でも見つける？　いやいや、そっちも現実的じゃないし……。

「……待てよ？　そもそも大量の鉄を、わざわざこっちで用意する必要があるのか？」

そう考え直した時、俺には解決と更なる発展の糸口が見えた。その考えを突き詰めようとしたんだが……妙にタイミング悪く俺の腹がぐうっと鳴る。訓練と考え事をしている間に、いつの間にか昼飯時になっていたらしい。

「……今日は帰るか」

俺は岩山跡を引き上げ、饕餮城に戻ることにした。他の政務もあるし、考え事は明日の訓練時間に改めてしよう。

「それにしても……二年か。あっという間にこの時が来たな」

この二年間で、色んな変化が起こった。

饕餮城の裏手にある岩山が消えたこともそう。皇族の求心力が落ちて、各地の貴族たちの動きに不穏《ふおん》なものが見え隠れし始めたのもそう。

しかし、他の何よりも一番嬉しい変化と言えば……。

「おかえりなさいませ、國久様《くにひささま》」

「おぉ、雪那《せつな》。ただいま戻った」

饕餮城に戻ってくると、出迎えてくれたのは俺の自慢の婚約者である雪那だった。

何を隠そう、雪那はこの二年でより一層美しくなり、そして厚手の着物の上からでも分かるくらい胸の膨らみが主張し始めた。そういった外見的な変化もそうだが、二年前までは冷遇《れいぐう》されていたが故に何事も諦めていたような雰囲気を常に纏《まと》っていたが、華衆院領に来てからはそういう事も無くなり、昔よりも明るい雰囲気を放つようになった
……それが一番嬉しい変化だ。

「日課の鍛錬、お疲れ様です。今濡《ぬ》れた手拭《てぬぐ》いを持ってこさせているので、今しばらくお待ちください」

「ありがと。そっちは書類仕事の途中か？」

「はい。松野殿《まつのどの》たち家臣《かしん》の方々から教わりながらですが」

俺の父親である前久は全くしなかったが、領主の伴侶《はんりょ》の仕事とは本来、政務の補佐だ。内容は家や個々の能力ごとに違いがあるけど、我が華衆院家では将来的に、家臣団に交じって領地運営に参加してもらう事になる。

俺も雪那もそこら辺はまだ勉強中だが、教える側である重文たち家臣が優秀だから、そっち方面も順調に成長してる実感がある。

「雪那もお疲れだったな。大変じゃないか？」

「大変じゃないと言えば嘘になりますが、華衆院領の皆さんはとても良くしてくれてい

ますし、このような形で役に立てるなら本望です。……それに、その……」

なにやら言い淀んだ雪那は恥ずかしそうに両手の指を捏《こ》ねながら、はにかむ様に微笑《ほほえ》んだ。

「婚約者として國久様の支えになれるなら……嬉しいです」

……これよ、これ。雪那は自分の事を性格が良くないって言ってたことがあったけど、俺からすれば十二分に女神同然《めがみどうぜん》である。あまりに眩《まぶ》しすぎて両目を押さえて「目が！目がぁ〜！」と叫んじゃいそうだ。

（……といっても、龍印《りゅういん》の事を考えると素直に喜べないんだよなぁ）

原作では、雪那には今年中に龍印が宿る。具体的なタイミングは分からないが、それは回避できないことだろう。

星から無尽蔵《むじんぞう》に魔力を供給《きょうきゅう》する龍印がもたらす影響は絶大だ。ラスボスだけじゃなく、皇族や国中の貴族が雪那を狙う事になるはず。もちろん、外部に情報が漏《も》れないに越したことはないけど、現実はそう簡単に上手くいかない。

（領主として土地や領民を守る為っていうのもあるけど、俺が強くなる理由の大半は、龍印狙いの連中から雪那を守る事だからな）

雪那の身柄《みがら》を、または命を狙いに来る。それはすなわち、俺の恋路《こいじ》を邪魔することに他ならない。いつそういう奴らが来てもはっ倒せるよう、俺は誰よりも強くならなければ。

「そうそう。國久様が鍛錬《たんれん》に出かけられた後、岩山跡の事で松野殿から伝言を頼まれていたのですが……國久様の提案通り、馬鈴薯《ばれいしょ》を始めとした輸入作物を栽培《さいばい》する農地として運用する事が、関係各所からの賛同を得られたそうです」

馬鈴薯……すなわち、ジャガイモの事である。大和帝国原産の作物ではなく、海外から最近輸入されてきたばかりのものに俺が目を付けたのだ。

「通ったのか？　俺の出した案が。まだ全然草案段階の案で、穴も多い話だったと思うんだけどな」

「はい。むしろ家臣や城下の代表の方々が積極的に穴を埋めるくらいで、あっという間に話が纏まったんです」

俺が岩山を潰したことで、饕餮城の裏にできた大きな空き地……そこの活用方法を家臣や城下町の代表数名と話し合っていた時、俺はこう提案した。海外から輸入された作物を、大和帝国で栽培してみないかと。

『異世界政治チートするんならやっぱりジャガイモ栽培は外せないよな』って気持ちが強かったっていうのもあるんだけど、それ以外にも大量生産が見込める新しい農作物は華衆院領にとって利益になると思ったのだ。

（幸い、この世界の農作物は地球のそれとほぼ同じで、海外でもジャガイモは料理に欠《か》

かせないってくらい大量に栽培されてるって話だしな）

ジャガイモと言えば寒冷に強く、美味《うま》くて栄養豊富で大量に作れる救荒作物として有名で、その有用性は地球全土に広く伝わっている。

ただし、この世界ではまだそこまで知られている作物ではない。特にこの大和帝国では先日輸入されてきたばかりで、ジャガイモの存在を知らない奴の方が圧倒的に多いのだ。

（まぁ【ドキ恋】の原作じゃあ、ジャガイモは普及《ふきゅう》しなかったんだけどな）

これはまだ来ていない未来の話になるんだが、この世界でもまるで夢のような作物であるにもかかわらず、ジャガイモは大和国民から不評だったのだ。その理由は、大した知識もないままジャガイモを芽ごと食べて、食中毒で死んだ奴がいるからだ。

ジャガイモの芽に毒がある事は有名な話だが、これまでジャガイモに触れたこともない大和国民がそれを知るはずもない。毒があるとも知らずに軽い気持ちで芽ごと食べた奴が死んで、それを見た周りの連中が「馬鈴薯には毒がある！」と騒ぎ立て、それが国中に広まった……それが原作シナリオにおいて、大和帝国でジャガイモが普及しなくなる理由である。

（原作じゃあ確か、ジャガイモに対する偏見を持たない御剣《みつるぎ》刀夜《とうや》が、大和国民のジャガイモに対する偏見《へんけん》を取り除いて普及を成功させてもて囃《はや》されるって展開もあったっけ

なぁ）

詳しい内容は覚えていないけど、それを見て「また主人公にとって都合の良い展開が……」と思ったのを覚えている。理由の究明も問題も改善されずに、まるで主人公に解決されるのを待っていたみたいだった。

一度毒があると広まった食材の偏見を取り除くのは大変だっていうのは分かるんだけど、大和帝国にだってちゃんと処理しないと毒になる食材は幾《いく》らでもあるんだし、ジャガイモだって刀夜の登場を待たなくても広まってて良かったんじゃないか？

（だが今となってはそんな事はもうどうでも良い……俺はジャガイモを始めとした海外由来の農作物で一山当てる！）

すなわち、あらかじめジャガイモを大和帝国に広めることで、先んじて主人公のお株を奪う。そうすることで先駆者《せんくしゃ》にして次期領主である俺の評価も上がり、華衆院領の財政も潤《うるお》うって寸法だ。

（まぁ言うほど簡単なことじゃないだろうけどな）

新しい事を始めるにしたって、問題は幾つもあるし、一年やそこらで全部解決するような話じゃないが、それをどう解決するかが、華衆院家の腕の見せ所だろう。

それに、何の勝算も無いって訳じゃない。何しろ華衆院領には塩田も多いし、実は油の名産地でもある。となると、異世界でアレやらコレやらが作れるって訳だ……！

「それにしても……國久様は先見の明がおありなのですね。この国の未来を見据《みす》えて、より多くの食材を確保なされようとするなんて」

「……まぁ、今の帝国は色々ときな臭くなってるからな。何が起きても備えられるようにしておいた方が良いだろ」

すごく純粋に褒《ほ》めてくれる雪那にキラキラした目で見られ、俺はさり気なく視線を逸《そ》らした。

(……本当は先見の明でも何でもなく原作知識ありきの提案なんだけどね……)

ラスボスの登場による妖魔の活性化に、皇帝の死による内乱。未来に起こる二つの大事件によって、国は食糧難に陥《おちい》ることを、転生者である俺は知っている。だから俺はそれに備えて、新しい救荒作物を早い内から領内に取り入れることにしたって訳だ。

(もちろん、未来の事をそのまま話す訳にはいかないから、色々と誤魔化《ごまか》して説明したけど……それでも話が通ったってことは、皆俺と同じ不安を抱えてたんだろうな)

家臣や領民たちも、行商人を介して、既に国のあちこちで不穏《ふおん》な気配がしているのに感付いているんだろう。単純な利益目的の事業って理由もあるんだろうけど、平和な将来が保証されてないんじゃないかって感付いている奴も多い。現に、城下町や農村の視察に行ったら、そこら辺の事を俺に聞いてくる奴もいるしな。

(暦《こよみ》から逆算するに、原作開始まであと三年。それまでにどれだけの準備ができるかが

問題だな）

本当なら全ての元凶《げんきょう》であるラスボスを事前に倒せれば良いんだけどな。内乱だってラスボスが黒幕になって起こるし。

（……ただプレイヤー目線から見ても、ラスボスの事って殆《ほとん》ど分からないんだよなぁ）

おかしな話だが、【ドキ恋】ではラスボスについて殆ど触れられていなかった。

詳しく話すと長くなるから要約して言うが、原作のラスボスは突然現れて雪那を闇堕ちさせることで龍印を暴走させ、首都ごと皇帝を殺害し、国が完全に統制を失ったタイミングを見計《みはか》らって、国中の妖魔を活性化させることで、この地の人間を滅ぼして妖魔の国を作ろうとしたってことくらいしか分からない。誕生の経緯《けいい》とか動機とか、そういうバックストーリーが一切描写《びょうしゃ》されていなかったんだよな。

（もしかしたら、俺がプレイしてなかった続編にでも詳しく書かれてたとか……？）

だとしたら、続編をプレイしなかったのは失敗だったな……前世の友達に借りとけばよかった。

「あぁ、そうだ。婚約式についてなんだけど――」

「おぉ、國久様。お戻りになられましたか。雪那様もいらっしゃるようで、丁度《ちょうど》よかった」

俺が新しい話題に移ろうとした矢先、重文が現れて俺たちの方に近づいてきた。

「あん？　どうしたよ、重文《しげふみ》。なんかあったか？」

「実は三笠家《みかさけ》の当主、義明殿《よしあきどの》から先触れが届きましてな。ご息女を伴《ともな》って、近い内に國久様にご挨拶をしたいとのことです」

＝＝＝＝＝

三笠家は、治めている領地が華衆院領と隣接してることもあって昔から付き合いがあるんだが、言い方が悪いが弱小貴族だ。

形式上、大和帝国での貴族間ではこれと言った身分差があるわけじゃないんだけど、家ごとの力に差があるし、力の無い弱小貴族は力の強い貴族に傅《かしず》かなくてはならないという、暗黙の了解がある。たとえ相手が、まだ正式に家督《かとく》を継いでいない次期当主でも、それは変わらないわけで……。

「こうして会うのは一年振りになるか？　久しぶりだな、義明殿。息災のようで何よりだ」

「そちらこそ、お元気そうで何よりです國久殿。しばらく見ない内にますますご立派になられた事を、心よりお祝い申し上げます」

面会当日。三笠領の領主である義明は隣に自分の娘を座らせ、雪那と並んで上座に座る俺に対し、一段下の畳の上で娘と一緒に両手を床に付けて頭を下げ、丁寧《ていねい》な挨拶《あいさつ》を述べる。

四十路《よそじ》を超える貴族の当主が、上座に座る十五歳の次期当主に対して頭を下げるという光景は、互いの家のパワーバランスを如実《にょじつ》に表していた。

「……さて。お互いに何かと忙しい立場であるわけだが、今日の用向きは先触れの手紙に書いてあった通り、ご息女を俺の側室に推挙《すいきょ》したい……という話で良いのか？」

「ええ、正しくその通りです」

俺の言葉に義明がニコニコと応じ、隣に座る雪那の体が強張《こわば》るのが分かった。

今回の話、他人事じゃないからあらかじめ雪那にも伝えていたんだけど、改めて聞かされると動揺するらしい。

……不謹慎な話だけど、もし嫉妬《しっと》してくれているんならちょっと嬉しいな。無反応だったら無反応で、傷付くし。

「國久殿には伴侶《はんりょ》となる方が未《いま》だ一人しかおりません。お世継ぎの事もありますし、大貴族華衆院家の次期当主として側室は必要だろうと、老婆心《ろうばしん》で推薦《すいせん》させていただいた次第です」

……とまぁ色々と言っているが、要するに大貴族である華衆院家の次期当主の俺とお近づきになりたいって事である。

側室とはいえ伴侶は伴侶。妻の実家に何かあれば極力助けにならないといけない。義明は自分の娘を俺の側室として差し出すことで、余裕があるとは言《い》い難《がた》い三笠家を華衆院家に庇護してもらおうとしてるんだろう。

(昔から縁談の話は色々来てたけど、次期当主として動くようになってからこの手の話が本当に増えたよな)

理由は大方察しが付くんだが……どうやら俺が雪那と婚約したのは、皇族への義理立てが理由だという話が広まっているらしい。

忌《い》み嫌われる忌み子の皇女を財政難の皇族から引き取ることで経済的負担を減らし、多額の結納金《ゆいのうきん》を渡すことで、新しい当主として皇族に忠義を示そうとしたとか、そういうバカげた噂だが、全く以《もっ》て失礼な話である。俺が雪那に婚約を申し出たのは義理立てでも何でもなく、百パーセント純愛によるものだというのに。

「親の贔屓目《ひいきめ》に思われるかもしれませんが、我が娘は気立てが良く、夫を立てることができる、どこに出しても恥ずかしくない大和撫子《やまとなでしこ》。必ずや國久殿のお気に召すと思うのですが、如何《いかが》でしょう？」

……確かに、客観的に見れば見た目は良いと思う。夫を立てるように教育されたのだって、別に疑ってはいない。大抵の男なら二つ返事で側室に迎え入れるんだろう。

(だが、しかし！　その女が雪那を小馬鹿にしたような顔で見ていたこと、俺は気が付いてるぞ！）

もうね、その時点で仲良くする気なんて欠片もない。側室として迎えるなんて論外である。性格の悪さと忌み子に対する偏見《へんけん》が態度から滲《にじ》み出てるよ。

（大方、正室として迎えた雪那は忌み子だから俺に愛されることがなく、側室を送れば寵愛《ちょうあい》を得られて実家にも色々と融通してくれそうって感じの思惑があるんだろうな）

正直に言えば、めっちゃ腹立たしい。雪那を侮辱《ぶじょく》した奴は万死《ばんし》に値するのである。そもそも俺はハーレムとか興味がないのだ。側室なんぞもっての外である。

ただ俺ももう十五歳。ある程度の分別が付く年頃だ。ここは穏便《おんびん》に撃退してやろうじゃないか。

「気持ちは嬉しく思うがなぁ、義明殿。俺は雪那に婚約を申し込んだ時、皇帝陛下に生涯で雪那ただ一人を愛し抜くことを誓っているんだ。その言葉を違えるような真似をする訳にはいかん」

ちなみにこの話は本当の事である。二年前に雪那を首都の別邸まで迎えに行く前、皇帝への挨拶をする時に俺は確かにそう明言した。こう言っておけば、前々から届いていた縁談の数々を、皇帝の名前と権威《けんい》を盾《たて》にしてスムーズに断れるからな。

「そして何より、俺は他の女が目に入らないくらい雪那に惚れ込んでしまっている！こんな俺のところに側室として嫁《とつ》ごうものなら、決して愛することができずに冷遇してしまう未来が目に見えるのだ！　ならば俺と婚約などしない方がご息女の為である！　それに知っているか義明殿、雪那がいない我が城の奥御殿は、まるで火が消えたみたいに寂《さび》しい場所に——」

「く、國久様……！　國久様……！　も、もうその辺でご勘弁《かんべん》ください……！」

正真正銘《しょうしんしょうめい》の本音で全力で惚気《のろけ》ると、雪那は羞恥《しゅうち》で真っ赤になりながら止めに入り、義明の娘は屈辱《くつじょく》と怒りで赤くなりながらこちらを見てくる。

こいつからすれば、自分には忌み子以下の魅力しかないって堂々と言われたようなもんだからな。しかも雪那だって皇族の血がちゃんと流れているから、表立って反論もできないだろうし。

「で、ですが國久殿……！　この国では複数の妻を娶《めと》るのは当たり前ですし……！」

「まぁまぁ、聞けって。縁談を結ぶよりも良い話があるんだ。我が華衆院領で始めようとしている新事業についてなんだが、どうだ？　俺たちに協力して一緒に一山当てるっていうのは」

新事業……つまりはジャガイモに関する事業という、より美味しい話をチラつかせて、義明の関心をコントロールする。

これは重文たちとも相談して決めた事だ。三笠領は決して裕福とは言えないが、色々と利用価値があるしな。

（より良い形で雪那との未来を形作れるなら、腹の立つ相手と手を取り合うくらいの度量は見せてやるさ）

誰彼構わず喧嘩を買ったり売ったりしてたら、周りはあっという間に敵だらけになる。本当に望んだ未来を手にするためには、我慢だって必要だ。

その後、重文たちも交えて詳しい事を説明し、結果として俺は婚約の打診を綺麗に回避しながら、お互いの（主に華衆院家の）利益になる条件で、事業提携を結ぶことに成功したのだった。

＝＝＝＝＝

「はぁ～……」

三笠義明との面会を無事に終えたその日の夜。饕餮城の奥御殿にある自室に戻った雪那は、昼間の事を思い出して熱くなった顔を冷まそうと、深く息を吐いた。

「……國久様が、今日も私を恥ずかしがらせてきて困る……」

生まれ育った黄龍城を離れて二年。それまでの不遇な扱いは嘘だったかのように、國久は満たされた日々を雪那に与えてくれた。

治安が良く、忌み子への偏見も無いに等しいこの地での暮らしは、雪那にとって最早《もはや》かけがえないものだ。臣民《しんみん》は皆優しくしてくれるし、大切と思える人も多くできた。多忙な教育の日々も、この日常を守る為と思えば何の苦にもならない。

「……ですが……！　毎日のように口説《くど》かれては、心臓が持ちませんよぉ……！」

問題があるとすれば、國久が宣言通り雪那を口説き落とそうとしてくるところである。初めて会った時から、國久は毎日のようにあの手この手で積極的にアプローチしてくるし、一日に数回は必ず愛と賛美の言葉を贈ってくる。それが雪那にとって顔から火が出るほど恥ずかしいのだ。

(困っている訳ではない……それだけは間違いありません。少なくとも、嫌だとは感じていませんから)

だが嬉しいかどうかと言われると、正直分からない。何せ後から思い出しても恥ずかしすぎて、嬉しいと感じるどころではないのだ。

「……私って、色恋沙汰《いろこいざた》が不得手だったんですね……」

自分が恋愛耐性皆無だったなんて、國久と出会ってから初めて知ったことだ。しかも耐性が一切身に付かないし、國久の猛烈《もうれつ》な攻めには色んな意味で参ってしまう。

「今日だってあんな堂々と、私以外を愛する気がないなんて……………〰〰〰っ！」

あそこまで堂々と言い切られたセリフが雪那の脳内で延々と繰り返されて、また顔に血が集まって首まで赤くなってしまう。権力者の重婚や側室が当たり前のこの時代に、あそこまで一途に想ってくれる男などそうはいないと分かっているだけに、余計に胸にこみ上げてくるものがある。

「姫様。宮子です。入ってもよろしいでしょうか？」

「宮子……？　は、入ってください」

そんな時、襖《ふすま》の向こう側から宮子の声が聞こえてきた。入室の許可を与えると、地味だが仕立ての良い侍女用の着物に身を包んだ宮子が、静かに襖を開けて深々と頭を下げる。

「夜分遅くに失礼いたします、姫様。本日も熱の引くお飲み物が欲しいかと思いまして、ご用意させていただきました」

「……お察しの通りです。ありがたく頂きますね、宮子」

魔術で作り出されたであろう冷水が入った白磁《はくじ》の湯飲みを受け取り、中身を呷《あお》ると、冷たい水が体中に浸透していき、スッと熱が引いていくのが自覚できた。

「ありがとう、宮子。おかげで落ち着きました」

「いいえ、お気になさらず。主の為に働くのは、侍女として当然の事でございます」

畏《かしこ》まった様子で深々と頭を下げ、主からの礼の言葉を恭《うやうや》しく受け取る宮子を見て、雪那はクスリと微笑んだ。

「もう……今日はいつまでその言葉遣いを続けるのですか？」

「まぁ、これでも華衆院家正室となる姫様の侍女ですからねー。姫様はもう周りから舐《な》められるような立場じゃなくなったんだし、身の回りのお世話をする私もしっかりしないとって思いまして。どうです？　私もそろそろ有能な侍女って雰囲気出てきてません？」

「ふふふ……えぇ、そうですね。もう他の侍女の方に比べても遜色《そんしょく》ないかもしれません」

「本当ですか⁉　やったー！」

先ほどとは打って変わって明るい表情を見せる宮子に、雪那も思わず笑い声を零す。

雪那の侍女として引き取られるにあたって、華衆院家正室の傍《そば》に仕《つか》える者として恥ずかしくないよう、宮子はこの二年間で貴人の侍女《じじょ》としての振る舞いを勉強し、身に付けてきた。その甲斐《かい》もあって一人前の侍女に成長を遂《と》げており、人前では先ほどのように慇懃《いんぎん》な対応をするが、雪那と二人っきりの時は昔のように話す。

立場が変わり、互いが成長しても親友のままでいられる。その事が、雪那には嬉しかった。

「それで、今日はどうしたんです？　また若様関連でしょう？」

「うう……はい。実は――――」

雪那は今日あったことをポツポツと語り始める。

　ちなみに若様というのは國久の事だ。大和帝国では正式に家督を継いでいない領主の息子は、家来にそう呼ばれることがある。特に女性の家来の場合は、領主の息子と適切な距離を示す為に名前呼びは控《ひか》えるのが普通だ。

「――――と人前で堂々と言われて、私はもう顔から火が出るんじゃないかと思いました……っ」

「なるほど……若様も相変わらず情熱的ですねぇ」

　話を聞き終わった宮子は思った……またいつもの惚気かと。

　國久と雪那の様子を傍から見聞きすると、そうとしか思えないのだ。正直、部外者のこっちまで恥ずかしくなってくる。

（きっと姫様も、何でそんなに恥ずかしいのか、気付いてないんだろうなぁ）

　雪那が國久の事をどう思っているのか……それは傍から見れば大体分かる。女はどうでもいい男に口説かれたところで何とも思わないのだ。少なくとも、好ましくは思っているはず。

　顔良し、財力良し、権力良し、武力良しの性格だって悪くない同じ年の男にあそこまで情熱的に口説かれているのだ。そうなるのも無理はないが……当の本人は、人間関係とは殆ど無縁の幼少期を送ってきた人間だ。自分の中の感情を、どのように昇華すればいいのか分からないのも無理はない。

「……私は駄目ですね。婚約してからもう二年も経つのに、國久様のお気持ちに対していつまでも答えを出せずにいるなんて……」

「そうでもないですよ。向こうから一方的に口説いて来てるんですから待たされることくらいで文句も言ってこないでしょうし、姫様が罪悪感を覚える必要なんてありませんって。存分に待たせて、じっくり自分の気持ちを整理すればいいんです」

「そ、そういうものなのでしょうか……？」

「はい、そういうものです」

むしろその程度の度量もない人間に大切な親友の事は任せられないから、もし文句でも言って雪那を悲しませようものなら、雪那を攫《さら》って逃げてやると、宮子は心に誓う。

（家族の事もあって恩義もあるんですから、私にそんな選択をさせないでくださいよ、若様）

もっとも、今のところはそんな心配はなさそうなので不安には思っていないのだが……と考えていて、宮子はふと思い出したように口を開く。

「まぁ婚約式も近いですし、姫様も緊張して知らず知らずの内に不安になってきているのかもしれませんね」

「うぅ……た、確かにそれはありそうです」

大和帝国では婚約式という、正式に婚姻を結ぶ前に行われる行事《ぎょうじ》がある。

主に十五歳になった婚約者同士が行うもので、結ばれた婚約を決して反故にはしないことを、日龍宗《にちりゅうしゅう》の僧侶の立ち合いのもと、大和で信奉《しんぽう》されている大地の龍に誓いを立てるのだ。

慣習的であり、儀礼的な行事ではあるが、貴族とは約束を重視するもの。結婚することを神にまで近い、それを破ることは途方もない恥とされているので、婚約式とは結婚を確約する行事として扱われている。

「婚約式用に用意された着物を見ましたけど、結納《ゆいのう》の時に着る白無垢《しろむく》とはまた違う、龍も愛したという国花、桜の柄が特徴的な見事なお召し物でしたもんね～。あの着物は絶対、ぜーったいに姫様に似合いますよ！」

「あ、ありがとう、ございます」

手放しで褒められて気恥ずかしくなりながら、雪那は来たる婚約式に思いを馳《は》せる。

婚約式が無事に終われば、國久との結婚は神である龍の名のもとに定められる。そうなればもうこの婚約から逃れることはできず、多くの貴族は婚約式を前にすれば不安……地球で言うところのマリッジブルーに駆られるのだが、雪那が抱いている不安は他の者とは違っていた。

（國久様は、似合っていると仰ってくれるでしょうか……？）

当日の楽しみと言って、國久はまだ婚約式用の着物を見ていない。頭に思い浮かべる婚約者の目には、婚姻式用の着物に身を包んだ自分がどう映るのだろうか……雪那は無意識の内に、婚姻の確定そのものではなく、國久の反応の方が気になっていた。

＝＝＝＝＝

岩山跡を農場にすることが正式に決まり、残った岩や石を完全に排除して更地《さらち》にした後、俺は数名の家臣と、今回協力を仰いだ各地の農民の代表数名を連れて岩山跡まで来ていた。

今からここで何をするのか……簡単に言うと、農場の下地を作りに来たのだ。

(本当なら、雇った農民に全部やらせても良いところではあるんだが……ここは地面が殆ど岩盤だしな)

こんな所を鍬《くわ》で耕せるわけがない。となると地属性魔術の使い手である俺の出番という訳である。

魔術の開祖は農業に向かない硬い地面をも農地に変えてきたという。そのやり方に俺も倣《なら》うとしよう。

「いくぞ……ちょっと離れてな」

見学人たちがある程度離れたのを見計らい、俺は地属性魔術を発動する。

すると硬い地面は泥のように流動し、やがて岩山があった場所全体に、一定の間隔で空けられた、正方形の広い穴が幾つも生み出された。今からこの穴全てを土で埋めれば、それだけで無数の畑が完成することだろう。

「さて、これでどうよ？　お前らに言われた通りに穴を掘ってみたんだが」

「ええ、ええ、これなら水はけの良い畑ができそうです。……それにしても、これほど大きな穴をすぐに四つも作ってしまうなんて、さすがは次期領主様ですなぁ」

前世でも、コンクリートに囲まれた畑なんていうのはごまんとあった。だからこんな岩盤の地面でも大きな穴を空けてしまえば畑になるんじゃないかと農民に相談してみたんだが、その考えはドンピシャ。この世界でも似たような感じの畑は少ないながらも存在するらしい。

（他にも、輪作とか間作みたいな技法もあるし、堆肥《たいひ》作りの文化もあったりと、農業に関しては結構進んでるんだよな、この世界）

もちろん、様々な科学技術が進んだ地球ほどではないだろうが、素人に毛が生えたような俺の農業知識など不必要なレベルだ。

これならジャガイモを始めとした、海外由来の作物の栽培も期待できそうである。

「それでその、領主様。ここの手伝いをすれば、うちの次男坊や三男坊を引き取ってくれるっていうのは……」

「あぁ、安心しろ。約束通り、そいつらは新作物の農民兼研究者として、華衆院家で雇い入れる。その代わり、そいつらの事をいっぱしの農民として育てろよ？」

「へへぇ、もちろんです！」

俺はその場を後にし、城へと戻る。

ジャガイモなどの新作物を栽培する上で一番の問題は人員だったんだが、これは意外となんとかなった。

基本的にこの国の農民たちは、領主の家督と同じように、自分の農地を自分の子供……大抵は長男一人に引き継がせる。しかしそうなると、次男とか三男とかには何も残せるものが無くなってしまう。そのせいで働き口に困る農家出身の人間っていうのは、毎年のように現れるのだ。

(仕事がなくて犯罪を犯す奴も、毎年のように出るしな)

それを防ぐためにも、華衆院家で農家の次男三男を雇う事にしたわけだ。幸いにも、連中は子供の頃から農業の手伝いをしてきたからノウハウが身についているし、子供の頃から培ってきた技術を活かして働きたいって奴は多い。

農民だって人の親なんだから、長男以外の子供にだって幸せになってほしいだろうし、その為なら教育に力を入れてくれるだろう。

「後は空けた穴を埋めるための土だな」

作物の種や、堆肥の為の籾殻《もみがら》やら枯れ葉《かはかえだ》枯れ枝、糞尿《ふんにょう》とかの当てはもうあるから、できあがった堆肥を混ぜるための土を確保しないと。

逆に言えば、それさえできれば後は人を呼び寄せて栽培を開始できる。栽培開始までに一番手間が掛かる畑作りを、地属性魔術で一気に短縮できたって訳だ。

(改めて思うけど、地属性魔術はマジで万能だな)

転生して魔術に触れてみて改めてそう思う。攻撃にも防御にも使えるし、今みたいに開墾《かいこん》に使えるのはもちろんのこと、街道整備にも盛大に役立っている。現に、俺がここにあった岩山から採取した石材は今、城下町を中心に商人の行き来が多い街道の舗装《ほそう》に使われているのだ。

正直な話、前世の創作物で地属性の使い手が地味な噛ませ犬みたいなポジションに追いやられている理由が本気で分からない。地味だからか。なんか地味な印象があるからか。実際はそんな事はないんだけど。

(問題は、どこから土を調達してくるかだ)

まさか他所の畑から分けてもらう訳にもいかないし、腐葉土のベースになる土をどこからか掘り出して、饕餮城の裏手まで運ぶ必要がある。それだけ聞くとかなりの人手と時間が必要そうに思えるだろう。

(まぁ、俺がいればその辺りのコストも大幅に節約できるんですけどね！)

俺の地属性魔術を使えば、大量の土を一度に運ぶことができる。もちろん量が量だから人手と時間はある程度必要だけど、それでも馬鹿正直に人海戦術に頼るよりかはずっとコスパが良い。魔術の習得に時間が掛かるとはいえ、なんで皆は地属性魔術を極めようとしないのかが不思議なくらいだ。

（……まぁ空間魔術とか時間魔術とか、戦闘に関してはもっと有用性の高いのを覚えたかったなーって気もするけど）

それでも汎用性の高さに関しては地属性が群を抜いてると思う。

ちなみに【ドキ恋】の世界において、空間や時間に関する魔術は、ほぼ存在しなかったりする。

（魔術は理屈と定義を積み重ねて現象を引き起こす学問技術だからな……論理ができていない魔術を、人間は使うことができないんだよな）

科学全盛の時代だった前世ですら、空間と時間に作用する技術は存在しなかった……はずだ。この世界でも魔術の研究者たちが有力者をパトロンにして日夜研究に励《はげ》んでいるけど、時間だの空間だのといった魔術を生み出す手掛かりすら掴《つか》めていない。

ちなみに、華衆院家でも魔術の研究所みたいなのを運営してて、俺が使う魔術も、俺の要望に応じてそこで研究・開発がされてたりする。

（ただ例外もあったと思う……その最たる例が、主人公の御剣刀夜と、転生者である俺

自身だ）

刀夜自体が時間魔術や空間魔術を使うって話じゃない。地球からこの異世界に移動してきた、その事実が俺の言う例外なのだ。

俺の場合は魂だけが。刀夜に至っては肉体ごと、時空を飛び越えてこの世界に来た。その事実から推測するに、時空間に干渉《かんしょう》する何らかの魔術があるのかもしれない。

（【ドキ恋】の原作だと、その辺りの事は明言されて……なかったよな……？）

原作シナリオを読み飛ばしてたところもあったから、イマイチ自信がない。いずれにせよ、今は考えても仕方のない話だ。まずは農地開拓に集中しよう。

そう思って、俺は饕餮城の奥御殿にある自分の部屋で出発の準備を進めていた。土を掘り出す場所は既に決まっているし、明日にでも出発できるから、家臣団宛《あて》に俺が不在の間の指示書を書いている真《ま》っ最中《さいちゅう》なのである。

「……城下町の組合との会合に関しては重文に任せる……と。まぁこんなもんか。あとやんなきゃいけないことはもう無いし、これで一段落――――」

「國久様。今お時間よろしいでしょうか？」

筆を置いて墨《すみ》の乾いた手紙を折り畳み、一段落つこうとしたところで、襖《ふすま》の向こうから声を掛けられた。この俺が聞き間違えることなどあり得ない、雪那の声である。

「雪那か。いいぞ、入れ入れ」

そう許可を出すと、雪那は「失礼します」と一言断ってからゆっくりと俺の部屋に入ってきた。

「お忙しいところ申し訳ありません。実は少し、國久様にお願いがございまして」

「おぉ、何だ？　言ってみろ。何でも叶えてやるぞ」

雪那がこうしてお願いをしてくるなんて珍しい事だ。金の力でもアプローチを仕掛けちゃいるんだが、元々物欲があまりないためか、そっち方面のアプローチの効果が薄かったからな。

だからこうしておねだりされた時こそ、男の甲斐性《かいしょう》を見せつけてアピールするチャンス……！　これを見逃す手はないな。

「國久様は明日から、数名の家臣の方々と共に雇った労働者の指揮《しき》を執《と》って裏手の農地に土を運び込むと聞きました。後学の為に、そのお姿を見学させては頂けませんでしょうか？　決して邪魔になるような事は致しませんので」

しかし雪那のお願いは、俺が想像していたのとは全然別物だった。物ではなくそっち方面のお願いだったとはな。

そういえば、雪那の正室教育もそろそろ実践が組み込まれていくって話だったっけな。領地の外に出れば忌み子なんて呼ばれて疎《うと》まれる雪那だが、華衆院領限定なら表に出て仕事ができそうだし、将来人を指揮する時に備えて、指図するというのが実際にどういうことなのかを見ておくのは悪い事じゃない。

「そのくらいの事だったら別に良いが……そうとなると、雪那に良いところを見せるために、俺も気合いを入れないとな。お前を口説いている男が、どれだけ優れているのかを見せつける好機《こうき》だし」

「あ、あの……普通で。気負わずに普通でいいですからね……⁉」

＝＝＝＝＝

そんなこんなで訪れた作業開始当日、雪那が作業の様子を見学に来ることになった。

外出時に好んで着る、着物に袴《はかま》を合わせた動きやすい格好《かっこう》で、邪魔にならない位置からこちらを見守る雪那を見ていると、俺も自然と背筋が伸びる思いだ。

やはり好きな女には仕事もできる良い男っていうアピールがしたいじゃん？　前世でも仕事ができるできないは将来性が垣間見える大事なアピールポイントだったたし、俺が地位に胡坐《あぐら》をかくしかできないボンボンじゃないってところを見せつけたいところだ。

「それではこれより、作業を開始する！　特によく働いた者には十倍の報酬《ほうしゅう》を出すので、皆心して作業に取り組むように！」

『『『おうっ！』』』

……とまぁ、そんな風に意気揚々《いきようよう》と役目に臨《のぞ》んだのは良いんだが、今回の件で俺がやる事って言ったら大したことじゃないんだけどな。

今回土の採取場所に選んだのは、城下町からそこそこ離れた場所に位置する森林のそばの丘陵地帯《きゆうりようちたい》だ。行商人が利用する街道からほど近いものの、これと言った建設物もない、華衆院領でも完全に未開発の土地の一つで、とにかく雑草や雑木が滅茶苦茶《めちやくちや》生えている。

(前世だったら色んな所に開発の手が入ってて大量の土を掘り返せるところなんてそうはなかったんだけど、やっぱり異世界となると人の手が入ってないところも多いよなぁ)

何でこの場所が選ばれたのかって言うと、腐葉土《ふようど》作りのベースになる土が大量に眠っているっていうのもあるんだけど、いずれこの場所に開発の手が入るって時の為に、地形を平らにしてしまおうっていう思惑があったりもするからだ。

この丘陵地帯が平らになるだけの土を採取してしまえば農地を埋めるだけの土も手に入るし、いずれ新しく街か何かを開拓する時にも手間が減る。まさに一石二鳥《いつせきにちよう》という訳だ。

(後は地属性魔術で丘が平らになる感じで土を抉り取ってと……)

イメージ的には目に見えない超巨大スコップで丘をくり抜いたって感じだろうか。地属性魔術で浮かび上がった丘から、更に純粋な土だけを抽出《ちゆうしゆつ》するように、石や雑草、雑木やらを振るい落とし、残った土を所定の位置に置くのを数回繰り返す。

地属性魔術っていうのは選別に関しても効果を発揮する魔術で、石や土、金属や砂といった鉱物には反応するけれど、植物には効果が適用されないのだ。だからさっきみたいに雑草ごと地面をくり抜いて空中に浮かべ、邪魔な物だけを振るい落とすなんてことも結構簡単にできたりする。

「さぁ、運べ運べ！　より多く働いた奴には給金を増やしてやる！　お前たちがどのくらい仕事をしているかは、この時点から確認が入っているからな！」

俺がそう叫ぶと、金目当てで集まってきた労働者……簡単な雑用をする日雇《ひやと》いアルバイトみたいな奴らは、給金増額に釣られて我先にと、ちょっとした小山となった土山から麻袋《あさぶくろ》に土を詰めていく。

そうやって集めた土入りの麻袋はデカい牛車に載せて城下町まで運ぶ手筈《てはず》だ。さすがに俺一人で大量の土を遠く離れた城下町まで運ぶとなると、魔力が足りなすぎて効率が悪いしな。

（つまり、俺自身が重機になるってことだな）

正直、俺がやってることは労働者の大規模バージョンみたいなもんだし、指揮を執るのは連れてきた家臣任せのところがある。だから雪那が期待していたような働きを俺ができるかと言われるとそうでもなかったりするんだよなぁ。

まぁ俺の役割だって重要なもののはずだし、やることはきっちりこなすんだけどな。指揮官っぽい働きがまだできないなら、魔術の腕前を披露《ひろう》して雪那にアピールしようじゃないか。

（……それはそれとして、こういったある程度の細かい作業ができる魔術師が少ないっていうのも問題だよなぁ）

今現在、魔術を使って作業をしているのは俺一人だけだ。魔術を使える人間はこの場に何人も連れてきてはいるが、そいつらは俺や雪那、そして労働者たちを妖魔から守る為の護衛《ごえい》の兵士であって、作業の為に魔力を使わせていい奴らじゃない。

仮に兵士たちに作業を手伝わせたとしても、俺と同じように細かい魔術が使える奴がどれくらいいるのか……。

（この国は魔術大国なんて呼ばれてはいるけど、国民全体の魔術の修得率は決して高くはないし）

それも仕方のない事ではあると思う。魔術を使うには長い期間を掛けて訓練し、専門的な知識を身に付ける必要がある。日々生きるための金銭を稼ぎながらそれらの勉強をする余裕がある人間というのは少ないのだ。

軍属になれば仕事として魔術の訓練を受けることになるけど、皆が軍に所属したいわけでもないし、身に付けるのは基本的に戦うための大雑把《おおざっぱ》な魔術で、細かい作業向けの魔術じゃない。そこら辺もいずれ解決したいところである。

(無事に原作関連のゴタゴタが終わったら、魔術師を育てる学校を設立するっていうのも悪くないかもな)

そんな事を考えながら順調に作業を進め、用意した牛車半分に麻袋を詰め終わったのを見計《みはか》らって、俺は家臣や労働者たちを休ませることにした。

働き詰めはかえって効率が落ちるのは世界が変わっても一緒だ。俺はあらかじめ用意しておいた弁当や飲み物を労働者や兵士たちに配り、護衛の兵士たちの目が届く範囲内で思い思いに休憩を取らせる。

「お疲れさまでした。休憩後も、頑張ってくださいね」

「へ、へいっ！　もちろんでさぁ！」

ちなみに弁当と飲み物を配る時には、雪那が手伝ってくれた。超絶美少女な姫君に笑顔と一緒に弁当を手渡されて応援されたら、大抵の男は休憩後もやる気を出すってもんだろう。

……まぁ個人的に言えば、雪那が他の男に愛想良く振る舞うっていうのは複雑なんだけどな。でも本人も「このくらいは手伝わせてほしい」って言ってきたし、実際に効果がありそうだったし、俺の我《わ》が儘《まま》で断るわけにはいかなかった。

「國久様も、どうぞ」

「ん、ありがとよ」

労働者や兵士たち全員に弁当が行き渡ったのを確認し、俺も一番最後に弁当を貰ってそれを食い、消費した魔力の回復に努める。

魔力の回復は自然回復だけが手段じゃない。魔術によって大気中に漂《ただよ》う膨大《ぼうだい》な魔力を充填《じゅうてん》することが可能だ。……まぁ発動に時間が掛かるし、一気に回復できるわけでもないから、龍印みたいな使い方はできないんだけども。

(それでもこのペースなら、休憩が終わる頃には九割方は回復できるな)

それだけあれば残りの作業も問題なく終わらせられるだろう。そう思って雪那と談笑したいのも我慢して魔力回復に徹し……いざ休憩時間が終わって立ち上がったその時、カンカンカンと甲高い音が辺りに響く。

休憩時間の終わりを知らせる音ではない。護衛として連れてきた兵士の中で、妖魔の接近を探知する役目を受け持った奴が、手持ちの鐘《かね》を力一杯鳴らしているのだ。

「警告！　警告！　妖魔の接近を感知しました！　妖魔は地中を潜って我々に接近中！兵士たちは全員、臨戦態勢に移行せよ！　繰り返す――」

その知らせに労働者たちは騒然《そうぜん》とし、それを慌てて兵士たちが宥《なだ》め、守りやすいよう一か所に集まるよう誘導する。

「雪那！　こっちだ！」

「國久様……っ！」

俺も最優先で守るべき相手である雪那を傍《そば》に置き、念のために持ってきていた正方形の鉄塊を頭上に浮かせて妖魔の襲撃に備える。

ええい、雪那もいるこのタイミングで妖魔が襲ってくるなんて、間が悪すぎだろ⁉　一体どこの妖魔だ⁉　近づいたら首根っこ捩《ね》じ切ってやる！

「じ、地鳴りが……近づいてくる……⁉」

沸《わ》き上がる怒りを落ち着かせて冷静さを取り戻していると、ポツリと誰かが呟《つぶや》いた。

そいつの言った通り大きな地鳴りを起こしている何かが俺たちがいる場所に近づいてきて……ソレは、地面を吹き飛ばしながら現れた。

その正体は鬼のような頭を持ち、全身がタランチュラのように長い毛で覆われた、全長十メートルはあるであろう巨大な蜘蛛《くも》の姿をした妖魔だ。そいつの全体像を確認した俺は、頭の中にあった知識をそのまま端的に口にした。

「土蜘蛛だと……⁉」

それは、大和帝国各地で恐れられた強大な蜘蛛型の妖魔……その総称だった。

曰《いわ》く、軍隊が駐在する砦を一夜で滅ぼす生きた災害。討伐には三桁単位の兵士で構成された軍が必要とされており……【ドキ恋】の原作でも、チート主人公や武闘派ヒロインたちを幾度《いくど》も苦しめてきた、作中でも屈指《くっし》の強さを誇る妖魔の一体だ。

（まさかそんな化け物が、このタイミングで来るなんてな……！）

おそらく、街から離れた場所で大勢の人間が密集している気配に気付いて現れたのだろう。妖魔が来ることを予想して軍を率いてきたが、さすがに土蜘蛛を相手にできるほどの軍勢を連れてきてはいない。

（……だが、勝機がない訳じゃない）

この世界が【ドキ恋】の世界であると知ってから……いいや、魔術や妖魔が存在する過酷なファンタジー世界であると知ったその時から、俺はいずれ直面する可能性がある強大な敵との戦いに備え、魔術を身に付けてきた。

そして雪那と出会ったことで、俺は予想できる全ての強敵から逃げるのではなく雪那を守る為に、正面から打ち勝てるような準備を進めてきた。それは土蜘蛛と戦う事だって例外じゃない。

（俺の十年あまりの修練。その総決算を、この土蜘蛛にぶつけてやろうじゃねぇか……！）

俺は目の前にいる巨大な妖魔を見上げながら魔力を練り上げ、土蜘蛛に関する知識を頭の中で総動員する。この世界で生きる以上、妖魔は避けては通れない存在だ。だから俺は子供の頃から魔術の訓練と並行して、この世界に伝わる妖魔に関する知識を【ドキ恋】の原作と照らし合わせながら蓄えてきた。

（数ある妖魔の中でも土蜘蛛は特に有名な力ある種類の一つ。巨体由来のパワーとタフネスに加え、速さまで兼ね備えた難敵だって話だったな）

【ドキ恋】の原作でも、巨体に見合わない反応速度と回避能力を持っていて、主人公陣営が放った隙の大きい一撃を当てられなかった。

つまり、現状では発射する際に電磁力《でんじりょく》の充塡《じゅうてん》や回転に時間が掛かる【鳴神之槍】は、闇雲に撃っても当てられないと考えていいだろう。……しかし、土蜘蛛の恐ろしい点は、そういった身体能力だけじゃない。

「キョキョキョキョキョキョキョッ！」

耳障りな鳴き声を上げながら、土蜘蛛は尻を上空に向かって突き出し、その先端から放物線を描いて落下した無数の繭《まゆ》を無数に放った。

三メートルほどの大きな白い繭を無数に放った。放物線を描いて落下した無数の繭は俺と雪那、兵士や労働者たちを取り囲むように地面に落下したかと思えば、白い糸層を突き破って中から三メートルほどの小さな土蜘蛛みたいな妖魔が出てきた。

（コレだ……！　土蜘蛛が強力な妖魔と呼ばれる理由になった、分身体を召喚する技！）

これによって生み出された分身体の強さは赤鬼にも匹敵《ひってき》するという。ただでさえ本体が強いのに、そこに大型の妖魔を複数体味方に付けるんだから、主人公や武闘派ヒロインが苦戦するのも無理もない話だ。

（その上、頭も回ると来たか……！）

　こうして俺たちを取り囲むように繭を吐き出し、分身体を生み出したという事は、俺たち全員をここから逃がす気がないという事だろう。そんな土蜘蛛の悪意と害意がこの場にいる全員に伝わって来たのか、兵士たちが固唾を呑み、労働者たちが取り乱しそうになっている雰囲気が肌で感じ取れた。

「狼狽《うろた》えるな!!」

　突如《とつじょ》命の危険に晒《さら》されて生存本能が爆発し、労働者たちが散り散りに逃げ出す……そんな事になる直前に、俺は身体強化魔術によって増強された声帯《せいたい》を震わせ、雷鳴のような大声でこの場にいる全員を一喝《いっかつ》した。

　今労働者たちに混乱されたら守れるものも守れなくなる。大人しく兵士たちが敷いた陣形の内側で縮こまってくれないと、被害は広まるばかりだ。そんな意図で放った、大気が震えるほどの大声に、狼狽えていた連中の動きがピタリと止まる。

「我が民たちよ、恐れることはない。この場に集いし兵士たちは皆、豊かな華衆院領を狙う妖魔や悪党どもから領を守り抜いて来た精鋭の中の精鋭。妖魔の薄汚い爪がお前たちに届くことは決してないだろう！」

　土蜘蛛の分身体を生み出す能力に弱点はない……が、付け入る隙がない訳ではない。土蜘蛛は一度に十数体程度の分身を生み出すことしかできないからだ。

そして一度腹の中で育てた分身体を全て生み出してしまうと、しばらくの間新しい分身体を生み出せなくなる。もちろん、大型十数体は相当な数だが、華衆院領の兵士たちは精鋭揃《ぞろ》い。土蜘蛛を倒す兵力としては足りなくても、分身体を処理し続けることくらいはできるはず。

「そして兵士たちよ、臆するな！　敵は音に聞こえし生きた災害、土蜘蛛。だが恐れるに値《あたい》しない！　なぜならば、この華衆院家次期当主、華衆院國久が土蜘蛛を打ち倒すからだ！」

それは、兵士たちの戦意を喪失させない為の鼓舞《こぶ》だ。犠牲者《ぎせいしゃ》をどれだけ出さないかは兵士たちの奮闘《ふんとう》に掛かっている以上、この戦いに希望を持たせなくてはならない。ぶっちゃけ虚勢《きょせい》交じりだけど、ハッタリでも何でもきかせなくちゃならないのだ。

そんな俺に対し、包囲網が完成した土蜘蛛は大口を開いて襲い掛かってくる。そのまま俺と、傍にいる雪那を一口で食い殺すつもりなんだろう。

「舐めんな……！」

俺はカウンターだと言わんばかりに、向かってくる土蜘蛛の目に向かって、頭上に浮かべていた鉄塊を巨大な鉄杭に変えて撃ち出す。

【鳴神之槍】ではない。単なる地属性魔術で放っただけの鉄杭だ。しかしどんな強大な存在でも目を狙われたら避けたくなるだろう。そんな俺の目論見は的中し、土蜘蛛は体勢を崩すようにして横に避ける……その僅かな隙を見逃さず、俺は地属性魔術を発動させた。

「【岩塞龍《がんさいりゅう》・天征《てんせい》】！」

次の瞬間、全長三十メートルは下らない長さを誇る岩の龍が地面から空中に駆け上り、土蜘蛛の全身に巻き付いて締め上げ、首根っこに噛みつく。

二年前に青鬼を倒した地属性魔術、その発展版だ。青鬼とは比べ物にならないほどのパワーを誇る土蜘蛛が暴れることで凄《すさ》まじい勢いで岩の龍は折れ、亀裂《きれつ》が入るが、デカいだけに一瞬で砕かれるなんてことはない。壊れた傍《そば》から即座に修復すれば、土蜘蛛の動きを封じるには十分……だが、俺はここで更に炎属性魔術を合わせる。

「【岩塞龍・炎天焔摩《えんてんえんま》】！」

岩の龍全体が赤熱化するほど激しく炎上し、巻き付かれた土蜘蛛は甲高い悲鳴を上げながら全身を焼かれている。

絶望そのものだった土蜘蛛が身動きも取れずに悶《もだ》え苦しんでいる。それを見たことでこの場にいる人間たちは希望を持てた事だろう。それを見逃さず、俺は兵士たちを鼓舞する。

「本体は俺が押さえる！　皆の者、奮起《ふんき》せよ！　我らはこの地の民を守護する者ぞ！」

『『うぉおおおおおおおおおおおおおおおおっ‼』』

次期領主自らが一番の強敵である妖魔に立ち向かい、押さえ込んでいる。それを見て奮起しない兵士はいない。土蜘蛛という脅威に怯《ひる》んでいた兵士たちは完全に戦意を取り戻し、刀を振るって魔術を発動し、分身体に一斉攻撃を仕掛けた。

（これで分身体の方は大丈夫……後は、この本体を仕留められるかどうか……！）

巨大な岩の龍を生み出し操る魔術、【岩塞龍】。

【鳴神之槍】もそうなんだが、俺は別に格好つけたくて魔術に名前なんて付けている訳じゃない。苦しい戦況を打開するだけの力を持つ、俺にとってのここぞという時に使う切り札的な魔術だとハッキリさせるためだ。

【岩塞龍】は対軍隊・対巨大妖魔を想定して編み出した俺の切り札。それがこうして土蜘蛛を押さえ、苦しめていることから、成果は上々であると証明できている。

（……のは良いけど……！　これマジでキッッツいっ‼）

これだけの巨大な岩の龍を操り、土蜘蛛が暴れないように拘束し続け、更にはダメージを与えるために高出力の炎属性魔術も併用する……分かっていたことだけど、そんな事をすれば当然魔力がガンガン消費される。

しかもここまでダメージを受けても土蜘蛛は弱る気配がないし、拘束を振り解かせないためにリソースを割きすぎて、他の魔術を使う余裕が一切ないときた。

（こちとら労働者や兵士に家臣……そして何よりも雪那を守らなきゃいけない……っ。

だからこんなデカい化け物を暴れさせないために初っ端から全力を出してるんだが……っ！　これ土蜘蛛を仕留めるまで保てるか……⁉）

土蜘蛛のパワーもタフネスも、ハッキリ言って想像以上だ。ダメージレースは不利な状況を強《し》いられている。長年の基礎訓練のおかげで俺の魔力量は図抜《ずぬ》けて高いけど、切り札となる魔術の全力行使《ぜんりょくこうし》を続けるにはまだ鍛錬不足。せめて魔力が切れる前に【鳴神之槍】を頭にぶち込む余裕があれば……！

勝機があるとすれば、兵士たちが分身体を早く片付けて助太刀《すけだち》に来てくれることだけど、それまで俺の魔力がもつかどうか。

「なんて……！　弱音なんぞ吐いてられっかぁあああああああああっ‼」

この土蜘蛛は俺の敵だ。俺たちの命を奪うことで、俺の恋路を邪魔しに来た許し難い害虫だ。

ならば引くわけにはいかない。根性論だろうが何だろうが絶対に負けられないと、俺はこみ上げる怒りを気力に変えて、土蜘蛛を締め上げながら焼き尽くす力を更に強めるのだった。

＝＝＝＝＝

強く、大きく、恐ろしい妖魔である土蜘蛛。その脅威は耳にしたことはあったが、実際に目の当たりにするとこれほどなのかと、雪那は恐怖と共に身を以《もっ》て実感した。

対峙しただけで生き残る事すらも諦めそうになる明確な力の差。種族からして次元が違うのではないかと思わせるような存在に、果敢《かかん》に立ち向かっているのは、他でもない雪那の婚約者だった。

（この人は……こんな一面もあったんですね……）

雪那はこの二年間、國久の事を傍で見てきた。

気さくで懐《ふところ》が深く、我欲や目的の為なら如何《いか》なる努力も惜しまず、それでいて武を尊《とうと》ぶ大和帝国の貴族らしくなく争いが嫌いで平和を好む人であり、見た目が好みだからと雪那に婚約を申し込み、何かにつけてはすぐに口説いてくる軟派《なんぱ》なところもある人……それが雪那が知っている國久という人間である。

（そんな人が今、命を懸けて戦っている）

それも自分の為だけではなく、民や臣下、そして何よりも雪那の為にだ。そして一見すると有利に見える戦況が、実は極めて危うい均衡《きんこう》で保たれているという事が、すぐ傍で見ていて分からないほど、雪那も愚かではない。

歴戦の兵士でも裸足で逃げ出す強大な妖魔から逃げず、自分たちを守る為に真正面から死力を尽《つ》くして立ち向かう婚約者の背中を見て、雪那は自分の胸に熱いものがこみ上げるのが分かった。

（……このまま死なせるわけにはいかない……っ！）

雪那は理屈ではなく血で感じた。たとえ疎《うと》まれた姫だったとしても、この身には戦う事で国と民を守ってきた皇族の血が流れている。自分たちの為に命を懸けて戦ってくれているのに、その事にただ甘えて守られるだけだなんて、自分で自分を許せそうにない。

（死なせたくないっ！　私はまだこの人と生きていたい……！）

そして何よりも、雪那の魂が叫んでいた。

だってまだまだこれからなのだ、雪那と國久、二人の日常は。

未だに戸惑うことも多いけど、國久との時間がいつの間にか掛け替えのないものになっていたと自覚した時、気が付けば雪那は國久の背中に向かって走り出していた。

（私に何ができるか分からない……それでも今何かをしなくては、もう二度と胸を張ってこの人の婚約者を名乗れない……！）

激情に突き動かされながらも、雪那は冷静に自分に今できる事を判断する。

華衆院領に来てから二年。妖魔と戦えるほどではないが、雪那は幾《いく》つかの魔術を修めていた。その中の一つに、他人に自分の魔力を供給するというものがある。

魔力操作訓練の一環で身に付けたのだが、軍でも使われている実践的な魔術だ。強大な魔術を継続して発動し続け、膨大な魔力を消費している國久を助けるのに、雪那がで

　きる最善の一手だろう。

（私程度の魔力量で、どこまで助けになるか分かりませんけど……！）

　それでも、何もしないよりかは断然良い。

　生きるか死ぬかの瀬戸際なら、最後の最後までこの人の支えになろう……國久の背中を支えるように抱きしめ、命を振り絞る勢いでありったけの魔力を注ぐ雪那。

　……変化に気付いたのは、その時だった。背中が燃えるように熱くなったかと思えば、全力で注いでいるはずの魔力が一向に尽きる気配がないと気付いたのは。

＝＝＝＝＝

　柔らかい感触を背中に感じ、振り返ってみると、そこには雪那が俺を後ろから支えるように抱き着いてきていた……その瞬間、流れ込んでくる膨大な魔力に、俺は嬉しさよりも驚きを禁じ得なかった。

（何だ……この魔力の量は……⁉）

　魔術を使い、俺に自分の魔力を全力で供給してくれているんだろう。しかしその量が尋常《じんじょう》ではないのだ。

　供給される魔力量は俺の最大魔力量を一瞬で上回り、それでも飽き足らずに溢《あふ》れかえるほどだ。現に今、【岩塞龍】を全力で発動し続けているのに、魔力が全回復してから減っているという感覚が全然しない。

魔力が消耗した傍から、即座に回復しているのだ。こんなバカげた魔力が供給できる理由は、一つしか考えられない。

（龍印……！　ついに宿ったのか……⁉）

星から無尽蔵《むじんぞう》に魔力を供給できるという、大和帝国の皇族、天龍院家の中でも選ばれた人間だけに宿るという、【ドキ恋】の作中最大のチート能力。

なるほど……ラスボスが警戒するわけだ。この際限なく流れ込んでくる魔力の勢いは、激流なんて表現すら生温《なまぬる》い。文字通り、星の底から宇宙まで届く噴火《ふんか》みたいだ。

「ありがとな、雪那……！　これでどうにかなるっ！」

何にせよ、これは最大のチャンスだ。この無尽蔵の魔力供給……これだけのサポートを受けながらピンチを乗り切れないなんて嘘ってもんだろう。

俺が今発動中の【岩塞龍】に更に魔力を注ぎ込むと、燃え盛る岩の龍は周辺の地面を吸収して更に巨大化し、纏う炎は更に火力を上げて眩《まばゆ》いほどに赤く輝く。

普段ならこんな贅沢《ぜいたく》な魔力の使い方はしない。これほどの規模の【岩塞龍】では一瞬で俺の魔力が枯渇《こかつ》してしまうし、結果的に与えるダメージも少なくなってしまうから。

（だが今の俺の魔力は実質無尽蔵！　これならどんな規模の魔術だって使いこなせる！）

より巨大になり、より強い灼熱を放つようになった焼き石の龍に全身を締め上げられる土蜘蛛は、脱出しようと全力で藻掻《もが》いているが、岩の龍の質量が大きい上に炎によるダメージが強すぎて満足に身動きが取れていない。

それでも、全身を焼かれながらも全力で藻掻き続けるのはさすがの生命力と言ったところか。きっと今【岩塞龍】を解除してしまえば、怒り狂って襲い掛かってくるんだろう。

（だから俺は、この隙を見逃さない）

【岩塞龍・炎天焔摩】を維持したまま、俺は地属性と雷属性の魔術を同時に発動する。

離れた所で放置されていた巨大な鉄杭は魔力に反応して俺の頭上へと舞い戻り、本物の雷でも纏ったかのような雷光を放ちつつ激しく高速回転しながら土蜘蛛の頭にその尖端を向けた。

「穿《うが》て！　【鳴神之槍】!!」

凄まじい電力を纏った鉄杭は強力な磁力によって、音速の壁を突き破る勢いで射出され、土蜘蛛の頭をぶち抜く。

いや、ぶち抜くという表現はもはや適切じゃない。巨大な土蜘蛛の頭を消し飛ばしたと言った方が適切だ。その証拠に、土蜘蛛の頭は爆散して跡形も残っていない。

首の断面から緑色の血を流し、土蜘蛛の体がぐったりと動かなくなったのを確認してから、俺は発動していた全ての魔術を解除。岩の龍は地面に戻っていき、それを見た雪那の魔力供給が止まったところで、俺は後ろを振り返る。

(本体が死んだことで、分身体も消滅したみたいだな)

見渡してみれば、兵士たちは大なり小なり怪我はしているが、死者がいる様子はない。非戦闘要員の家臣や労働者たちへの被害もない……すなわち、俺たちの完全勝利である。

「兵士たちよ、勝ち鬨《かどき》を上げろ！　音に聞こえし大妖《たいよう》、土蜘蛛はこの華衆院國久が討ち取った！」

＝＝＝＝＝

その後、俺と雪那は予定を繰り上げて饕餮城に戻っていた。

種族が異なれば妖魔は妖魔を食う事は日常茶飯事《にちじょうさはんじ》で、血の臭いに敏感《びんかん》だ。残された土蜘蛛の死体から放たれる血の臭いを嗅ぎつけて大挙して押し寄せる可能性は高い。

だから作業は一時中断し、俺と雪那、そして戦えない労働者たちは先に街に帰されて、先に兵士たちによる死骸の処理作業に取り掛かることになったという訳だ。

(まぁ、俺にとっても丁度良かったけどな)

家臣たちへの諸々の説明と、今後の予定の組み直しを終えて、俺は雪那の私室の前にいた。

そこでしばらく待っていると、部屋の襖《ふすま》を開けて宮子が顔を出してくる。

「どうだった、宮子」

「は、はい。若様の仰ったとおり、姫様の背中に龍を象った大きな紋章《もんしょう》のようなものが浮かび上がっていて……あ、あれは一体何なのですか？　どうして姫様に……」

「それに関しては今から説明する。とにかく入っていいか？」

「は、はい。どうぞ」

開けられた襖から部屋に入ると、そこには緊張した面持《おもも》ちで座布団《ざぶとん》に座っている雪那が俺を見ていた。その前には俺用に用意されているのであろう座布団が置いてあったので、そこに胡坐をかいて座る。

「にしても、お互い災難だったな。でも無事でよかった……怪我《けが》はないよな？」

「大丈夫です。國久様が守ってくださったので……私の我が儘で見学に行きたいと言って、結局國久様の足枷《あしかせ》になってしまったのではないかと思うと、申し訳なく思うのですが……」

「気にするな。あんな化け物が出てくるなんて俺も想像していなかったし、むしろ雪那がいなかったら逆に危なかったんだ。謝られるどころか、こっちが礼を言わなきゃなんない。……本当に助かった、ありがとう」

「……いいえ。國久様がご無事で、何よりです」

俺が頭を下げて礼を言うと、ようやく緊張が解れたのか、雪那は小さく微笑む。

「それで、本題な訳だが……宮子、お前も聞いておけ。ただしこれから話すことは雪那の為にも絶対に口外するな。良いな？」

「は、はい！　分かりました！」

これから俺が話すことは、俺の人生でもトップクラスの機密事項になるだろう。おいそれと口外することはできない……しかし、秘密を守る為には協力者が必要となる。その内の一人として、宮子は巻き込ませてもらおう。

どっちにしろ、雪那の着替えを手伝うほど身近な侍女である以上、この秘密に巻き込むことになるのは目に見えていたしな。

「雪那も気付いているだろうが……土蜘蛛との戦いの時、尽きかけた俺の魔力を全回復させてなお余りある魔力供給を可能としたのは、雪那の背中に浮かんでいるっていう紋章……龍印の力によるものだ」

「……やはり、そうなのですね」

「龍印って……あの⁉　あれって御伽噺《おとぎばなし》とか、そういうのじゃないんですか⁉」

俺の言葉に宮子は大袈裟なくらいに驚いていた。まぁそう感じるのも無理はない。

龍印の存在自体は広く知れ渡っていることだが、前回龍印を宿した皇族が誕生したのはもう数百年も昔の話。今となっては皇族が自分たちの権威を高めるために民衆に流した、単なる御伽噺と思っている奴も珍しくないのだ。

「あのバカげた魔力供給は龍印以外にあり得ないって。現に、今朝までなかったはずの紋章が雪那の背中に浮かんでるんだろ？　龍を象った紋章が体のどこかに浮かぶっていうのは、龍印を宿した人間に見られる有名な特徴だ」

ちなみに龍印の大きさや刻まれる場所は個々人によって違うらしい。原作だと、雪那の龍印を譲渡《じょうと》された美春は、手の甲に紋章が浮かんでいたはずだ。

「現実的な話をすると、雪那に龍印が宿っているという情報が外部に漏れた瞬間、国内外問わずに様々な勢力が雪那を狙う事になる。皇族にまで情報が届けば、無理矢理にでも俺との婚姻を破棄させて黄龍城に監禁。二度と外には出さないようにするだろうよ」

「そう……なるでしょうね。無尽蔵の魔力には、それだけの価値と危険が付きまといますから」

「そ、そんな……！」

実際、原作でも雪那は古臭い庵《いおり》から出られない生活を強《し》いられていたし、俺と婚約することで原作とは全く違う人生を歩んでいても、龍印の事が公になれば、皇帝は無理矢理にでも雪那を連れ戻そうとするだろう。それは雪那自身も察しているらしい。

「……でもまぁ、こんなもん外部に漏れなければ良いだけだし、問題ないだろ」

「え……⁉」

あっけらかんとした俺の言葉に、雪那は思わずと言った様子で顔を上げる。

「仮に知られて皇族から雪那の身柄を渡せって言われても、全部突っぱねちまえば良い。だからあんまり気にしなくて良いぞ」

「気にしなくても良いと言われましても……それは無理な話です。皇族に歯向かうような真似をすればどうなるのか、國久様だってご理解されているはずではありませんか」

確かに、貴族の身で皇族に歯向かうというのは、すなわち逆賊の汚名を着せられるという事だ。仮にこっちが皇族に対して謀反《むほん》を起こさなくても、雪那に龍印が宿った事を報告しなければ同じこと。謀反の疑いありとして、大義名分を得た皇族は他の貴族を動かして華衆院家の断絶の為に動くだろう。

……だから何なのかという話だ。その程度の障害で怯むほど、俺の愛は軽くない。

「要は、皇帝陛下ですら俺の機嫌を損ねたくないと思わせればいい。龍印を手に入れるよりも華衆院家を敵に回さない方が得だと思わせればいい。それでも向かって来ようっていうんなら、ちょいと痛い目を見てもらうまでだ」

「……私の為に、皇帝と……大和帝国と戦うと、貴方はそう言うのですか……？」

「まぁ、何事も穏便に済ませる越したことはないから、そうなるように動くけどな。いざって時になったら、相手が王だろうが国だろうが戦ってやらぁ」

こちとらそんな可能性が十分あると分かった上で雪那と婚約した。皇帝だろうが国だろうが、俺の恋路の邪魔をするなら容赦はしない。

国中のどんな武闘派でも敵わないくらいに強くなって、国中のどんな権力者も逆らえないくらい領地を発展させ、帝国の陰の支配者でも何でもなってやろうじゃないか。

「雪那……お前と出会ったその時から、俺の至上命題はお前の幸せを守る事だった。だからもし、俺との未来を望んでくれるっていうんなら、信じて付いて来てくれ。この俺の全てに懸けて、必ずお前を守り抜く」

このタイミングを逃すな……と、場違いにも感じた俺は、この二年でより洗練《せんれん》されたイケメンフェイスを全力で凜々《りり》しくし、雪那の手を取って、ありったけの情熱を込めて告げる。すると雪那は顔を真っ赤にしてコクコクと頷いた。

その反応に俺は会心の手応えを感じた。シチュエーションと顔面偏差値が絶妙に嚙み合ってフラグが立った……そんな手応えだ。形はどうあれ、雪那を頷《うなず》かせることにも成功したしな。

龍印を秘密にする為にするべきこと。いざ龍印の情報が漏れた時の為に備えるべきこと。やらなきゃいけないことは多くあり、これから立ちはだかる敵はあまりに強大となる予感があるが、俺の中で燃え盛る恋の炎は些《いささ》かも衰《おとろ》えていなかった。

「それにこのまま婚約式を済ませれば、日龍宗が俺たちの婚姻を祝福してくれるしな」

国民の殆どが信者である宗教の力というのは馬鹿にできないし、貴族連中ですら迷信を真に受ける今の時代、信仰対象である龍に誓った婚約者同士を無理矢理引き裂くことには、心情的にも抵抗があるだろう。

想定外な事も色々あるけど、何かと上手くいっている……日頃の努力の成果を噛み締めながら、俺たちは婚約式に臨むのであった。

＝＝＝＝＝

華衆院領の港から見える場所に、伏魔島《ふくまじま》と呼ばれる小さな島が存在する。

かつてこの国が大陸の端に位置する極々小さな国でしかなかった千年以上も前、あの島には天龍院桜花《てんりゅういんおうか》という大和中興の祖である皇女が住んでいたという。

そんな島で天龍院桜花は国外からやって来た魔術の開祖である男と出会い、情愛を深めたそうだ。……まぁ簡単に言うと、今の大和帝国の礎《いしずえ》を築いた歴史的なカップルがいて、そんなカップルに所縁《ゆかり》のある伏魔島は、恋愛成就の名スポット的な扱いになっているわけである。

(婚約式も元を辿れば、天龍院桜花と魔術の開祖の伝承が大きく取り沙汰されたのが発祥の儀式らしいし)

しかし、今はそんな事は関係ない。正装である狩衣《かりぎぬ》姿《すがた》の俺は伏魔島へと向かう船に、ソワソワしながら乗り込む。

「お待ちしておりました、若様。雪那様のお支度《したく》は整っておられます」

船上へ上がったところで俺を出迎えた侍女に先導されながら、船内の一室へと足を進める。

そこには大和帝国の貴族女性の正装である打掛《うちかけ》小袖《こそで》姿《すがた》をした雪那が、宮子に付き添われながら俺を出迎えてくれていた。

「あ、あの……どうでしょうか、國久様」

不安そうに、それでいてどこか期待を込めたような表情で問いかける雪那に対し、不覚にも俺は何も答えることができないまま、灯《あか》りに群がる蛾《が》のように覚束《おぼつか》ない足取りで雪那に近づく。

そしてそのまま、殆ど無意識の内に雪那を覆い隠すように抱きしめていた。

「く、くくく國久様⁉　あ、あのあのあのあのぉ……⁉」

「……目隠しだ」

「へ？　え？　目、目隠し……？」

「婚約式に参列する男連中全員に目隠しをするんだ！　今の雪那の姿を誰にも見せるわけにはいかねぇ！」

「ちょちょっ、若様⁉　せっかくの姫様の晴れの日に何を言ってるんですか⁉」

「馬鹿野郎！　こんな……こんな可愛い姿を世の男どもに見せたら惚れられちまうだろうがぁあああああっ！」

正気を失ったまま喚き散らす俺。それから冷静さを取り戻せたのは、しばらく経ってからだった。

「悪い、正気を失っていた」

「そう思うのでしたら、姫様を解放してあげてほしいのですけど……。姫様、恥ずかしすぎて気絶寸前ですよ？」

「それはできない」

冷静さを取り戻せたとは言っても、体の自由が利《き》かずに俺の体は今、勝手に雪那を熱烈に抱きしめていて、腕の中にいる雪那は全身から熱を放つくらいに羞恥心《しゅうちしん》で悶《もだ》えているのだが、これは仕方のない事だと思う。

「せめてもうちょっと待ってくれ。こんなにも希少で可憐《かれん》な姿をした雪那を前にしたもんだから、体の自制が利かないんだ」

「確かに……仰っていることは理解できますね」

力強く同意する宮子の言葉に、腕の中の雪那は何かを抗議するかのように俺の着物を引っ張っているが、正直どうしようもない事だと思う。

普段の動きやすさを兼ね備えた袴姿ももちろん素晴らしい。しかし内掛のような正装を身に纏った雪那もまた美しく、普段はしない格好なだけに貴重なのだ。

国花である桜の刺繍《ししゅう》が施された、地面に引きずるくらいに長い袖の内掛を身に纏った雪那は、正真正銘、どこに出しても恥ずかしくない姫君そのもの。綺麗な白桜色の髪を彩る、小さな宝石が花を象《かたど》るように埋め込まれた鮮やかな簪《かんざし》も抜群に似合っているし……婚約式でこれなら、それよりも更に金と手間をかける結納式では一体どうなってしまうんだ……⁉

「失礼いたします、國久様。まもなく出航の時間ですので、國久様と雪那様は甲板《かんぱん》の方へおいでください」

まるで想像もつかない未来に慄《おのの》いていると、同乗していた家臣が俺たちに知らせてきた。それから俺はなんとか体の自由を取り戻し、雪那と共に甲板の方へと出向いた。

婚約式は出航の瞬間から始まっている。先に島の方へと出向いていた来賓《らいひん》や家臣団にも姿が見えるように甲板に並んで立ち、島に到着すれば神輿《みこし》で運ばれながら島の奥にある、婚約式を執り行う日龍宗の寺院へと向かう。

かつてこの島には村があったらしいが、今では日龍宗の総本山として使われており、僧侶やその家族が生活しているのだ。

「あ、あれが雪那殿下か……っ」

「なるほど……確かに華衆院家の次期当主に見初められるだけのことはある」

「ぐっ……！　あ、あれなら忌み子だのなんだの気にせず、婚姻《こんいん》の打診をしていれば……！」

　俺たちの婚約式に参列していた他所《よそ》の領地の貴族たちは、雪那の姿を見ながらヒソヒソと囁いている。付き合いの関係上、忌み子に対して偏見を持っている奴も参列者の中にいるのだが、そういう奴らでさえも今の雪那の姿を見たら見惚れるしかないらしい。中には俺に対して嫉妬の視線を向ける若い男もいる。

　そんな奴らの反応を見逃さずにいると、俺はついつい優越感に満たされる気持ちになった。本当に馬鹿な奴らだと思う……今さら雪那の素晴らしさに気が付いても遅いのだ。

「……なんだか不思議な気分です。遙か遠い先祖が結ばれたというこの島で、私と國久様が結ばれようとしていると思うと」

　道の両側に並ぶ大勢の人に見守られる中、雪那は俺にしか聞こえない小さな声で囁く。

「正直に言えば、私はまだ不安があります。たとえこうして婚約式を終え、正式に婚姻を結んだとしても、私たちはいつか引き離されてしまうかもしれない」

　部外者が多く、誰に聞かれるか分からないからか、決定的な事は口にせずに言葉少なに囁く雪那だが、そのセリフの真意が龍印に纏わる事であると理解できた。その言葉に対して、俺は見上げるように向けられた雪那の視線を真っ直ぐに受け止めながら静かに聞き入る。

「ですが國久様……貴方は言ってくれましたよね？　私との未来を守るためなら、命を懸けても構わないと。ならば私も同じく、望んだ未来の為に身命を賭したいと……そう思います」

そう言って、雪那は膝《ひざ》の上で握られた俺の拳にそっと、華奢《きゃしゃ》で柔らかい手を添《そ》える。

「國久様と共にある未来を、私も歩んでいきたい……あの時の言葉を、信じてもいいですか……？」

「……当たり前だ。何度だって約束してやるよ」

決して不安にさせないように強気な笑みを浮かべると、雪那はやっと花が綻《ほころ》ぶような笑みを浮かべてくれて、吉事に相応しい晴天の空の下、俺たちは誰にも見えないように指を絡《から》めるようにして手を握り合う。そうこうしている内に、俺たちは大きな寺院へと辿り着いた。

（俺たちは五年後、もう一度この場所に来る）

その時は婚約者同士ではなく、正式な夫婦になるために。それを邪魔する奴がいるなら、皇族だろうがラスボスだろうがハーレム主人公だろうが、一人残らずはっ倒してやる……そんな決意と共に華衆院家は更なる発展の道を辿り、俺の魔術師としての腕前も上げていき……気が付けば三年の月日が経過。

主人公、御剣刀夜がこの世界に現れ、原作シナリオが開始されるのだった。

閑話　原作主人公の歪み

御剣刀夜《みつるぎとうや》の家は、代々古流武術を継承《けいしょう》してきた武闘家の家系《かけい》である。祖父母や両親がそうであったように、その家の後継ぎとして生まれた刀夜も子供の頃から武術を叩き込まれて暮らしてきた。

鍛錬《たんれん》の日々は苦しい事もあったが、刀夜は才能に恵まれていたし、尊敬する祖父母や両親、仲の良い義理の妹である御剣朱里《あかり》、幼馴染《おさなじ》みの羽田真琴《はねだまこと》との交流もあって、何ら不満を抱いたことはない満たされた人生を送ってきた。

『いいか、刀夜。鍛錬で身に付けた力を男が振るう時は、女の子を守る時だ。その力で妹を守ってやるんだぞ』

そんな刀夜という人間の根底には、幼い頃から武術と一緒に叩き込まれてきた「男は女を守るもの」という教えが刻み込まれていた。

男なら女を守って当然。男なら女を助けて当然。男なら女を庇《かば》って当然だと、そう思って生きてきた刀夜は、気が付けば同年代の格闘家の間では敵なしと呼ばれ、どんな悪《あっ》漢《かん》からも女を守れるフェミニストになっていた。

(特に朱里や真琴は可愛いからな。すぐにガラの悪い奴らに目を付けられちゃうし、俺が傍《そば》で守ってやらないと)

そんな刀夜にとって、年の近い身近な少女たちは最優先で守ってやらなければならない存在だ。その為なら何だってできる……それこそ、ナンパしようとした男たちを追い払い、しつこいようなら叩きのめすことだって、躊躇《ためら》いはない。男と女で扱いが違うのは当然の事だからと。

ちなみにそんな刀夜の姿を見た朱里と真琴の二人は、自分を守ってくれたというシチュエーションに恋心を見事に射抜かれて、刀夜に家族や幼馴染み以上の感情を抱いているのだが、当の本人はそれに気付いていなかったりする。

(……でも、こうやって身に付けた力を使う機会って、あんまり無いんだよなぁ)

刀夜たちが暮らしているのは、治安《ちあん》が良い平和な日本だ。大切な二人に近づいてくるガラの悪い男を叩きのめす事くらいにしか力の使い道がない。その事に刀夜は仄《ほの》かな不満を抱いていたのだが、運命は時として予想だにしない事態に人を巻き込んでいく。

簡単に言うと、刀夜は朱里と真琴の二人と一緒に異世界へと転移してしまったのだ。

しかもその世界は昔の日本を思わせる文化を築きながらも、魔術が科学の代わりを務め、妖魔《ようま》といった脅威《きょうい》が蔓延《はびこ》る、平和とは程遠い世界。そこに迷い込んだ刀夜たちは、当然のように妖魔から襲われることになった。

「グォオオオオオオオオオッ!!」

「きゃあああああああああっ⁉」

「危ない、二人とも！」

受け入れがたい非現実的な現状に加え、襲い掛かってくる見たこともない化け物たちの姿に茫然自失《ぼうぜんじしつ》しそうになるのを堪《こら》えながら、落ちていた長く太い木の枝を駆使《くし》して立ち向かう刀夜。

二人の美少女の命の危機を自分が救ってやっているというシチュエーションに、本人すらも気付かない内に気分を高揚《こうよう》させながら刀夜は勇ましく叫んだ。

「掛かってこい、化け物！　二人は俺が必ず守る！」

「と、刀夜お兄ちゃん……！」

「うぅ……！　今そんなこと考えてる場合じゃないのに、やっぱり刀夜ってカッコいい……！」

背中に注がれる好意や尊敬の視線を無自覚の内に心地よく感じながら、刀夜は妖魔たちと戦う。

魔術も使わず、木の枝で怪物たちと互角以上の立ち回りを演じる刀夜に興味を抱いたのは、偶然にも増えてきた妖魔を掃討《そうとう》するために部隊を率いて刀夜たちの前に現れた、大和帝国皇太女《やまとていこくこうたいじょ》、天龍院美春《てんりゅういんみはる》だった。

「魔術も使わずに妖魔と戦えるなんて、なかなか面白いわね。貴方《あなた》、私の部下になりなさい！」

こうして美春との邂逅《かいこう》を果たし、この世界の事を知った刀夜たちは、美春の客将《きゃくしょう》という形で働くことになった。

見知らぬ世界で生き抜く為に、衣食住を確保する為という理由ももちろんある。しかし刀夜にとっては、世界中のあちこちで人々が妖魔の脅威に晒《さら》されているという事実に、心を燃やすものがあった。

（そうか……俺はこの世界で女の子たちを守る為に強くなったんだな！）

妖魔に襲われる女を自分が助けてあげる……そんな状況がこの先多くある事を知った刀夜は、使命感と、自分でもよく分からない感情で、刀夜自身も自覚しないまま興奮する。そうしてこの過酷な異世界で刀夜たちが生き抜く為に力を付けていく中で、様々な美少女と出会い、絆《きずな》を育んでいった。

大和帝国の皇太女である美春はもちろんのこと、美春の護衛兼侍女である五条茉奈《ごじょうまな》、帝国軍を預かる二人の女将軍である柴元幸香《しばもとゆきか》と月島菜穂《つきしまなほ》、そしてあらゆる魔術を切り裂く天龍院家の宝刀、鬼切丸《おにきりまる》の化身《けしん》である切子《きりこ》。いずれも刀夜にとって大切な仲間であり、愛すべき女性だ。

これまで自分が助け、自分を慕《した》う美少女たちに囲まれ、満たされた気持ちを味わっていた刀夜。そんなある日、彼の耳にとある男の情報が飛び込んできた。

「土蜘蛛《つちぐも》殺しの英雄？　何それ？」

「私もよく分からないよ。お城の侍女の人が『もうじき黄龍城《おうりゅうじょう》まで来るから目の保養になる』って噂してたのを聞いただけだし……」

「切子は何か知ってるか？」

黄龍城の一角にある、皇太女の為に立てられた奥御殿の一室。そこで朱里や真琴と世間話をしている時に真琴が口にした噂話に、刀夜は眉《まゆ》を顰《ひそ》めながら近くで茶を飲んでいた、一見すると青髪の美幼女にしか見えない宝刀の化身、切子に問いかけた。

「さて……分からんの。察するに土蜘蛛を倒した者に与えられたあだ名のようなものだと思うが、妾《わらわ》は主様《あるじさま》と出会うまでの数百年間眠っておったし、今を生きる英雄の事はさっぱりじゃ」

土蜘蛛の事を詳しく聞いてみると、全長十メートルは超える生きた天災とまで呼ばれる強大な妖魔の事らしい。放っておけばいくつもの街が消えるとされ、それを単身で倒したのなら英雄と呼ばれてしかるべきだと。

「………」

それを聞いた刀夜は、なんだか面白くなかった。

侍女たちが目の保養ができると騒いでいることから、英雄ともて囃《はや》されている件の人物が男であるという事は分かるのだが、その事のなにが面白くないのか、刀夜自身にも理解できなかったのだ。

……これでもし、例の土蜘蛛殺しの英雄が女性だったなら話は違っていたのだが、当の刀夜にその自覚がないことは、今は誰も知らない事実だった。

「随分賑《ずいぶんにぎ》やかね。何の話をしていたの？」

「あ、丁度《ちょうど》よかった。美春って、土蜘蛛殺しの英雄の事は知ってる？　今黄龍城の侍女の間で話題なんだけど」

そんな時、奥御殿の主である美春が茉奈を連れて刀夜たちが談笑《だんしょう》していた部屋に入ってきた。

彼女なら土蜘蛛殺しの英雄について何か知っているのではないか……そんな軽い気持ちで真琴が問いかけたのだが、当の美春は思い切り眉根を寄せて嫌そうな表情を浮かべた。

「悪いんだけど、私の前でそいつの事を話題にしないでくれる？　思い出したくもない、忌々《いまいま》しい奴の事まで思い出しちゃうから」

「え……？　あ、ごめん……」

「美春？　一体どうしたんだ？」

「……ごめん、ちょっと頭冷やしてくるわ。事情は茉奈に聞いておいて」

そう言い残し、茉奈を置いてその場を去っていった美春を呆然《ぼうぜん》と見送る事しかできない刀夜たち。説明を求めるように茉奈に視線を集中させると、茉奈は嘆息《たんそく》しながら口を開いた。

「では僭越《せんえつ》ながら説明させていただきますが……刀夜様たちは、美春様に姉君がいることはご存じですか？」

「そ、そうなの？」

それを聞いた朱里は思わずと言った様子で聞き返した。この世界に来て、美春と出会ってからそれなりの時間が経過しているが、彼女に姉がいるなんて聞いたこともないのだ。

「私も幸香様や菜穂様から伝え聞いた話なのですが……美春様の姉君である雪那《せつな》皇女殿下は故《ゆえ》あって城内での立場が悪く、皇太女である美春様とは交流を制限されていたのですが、幼少の頃はそれは仲の良い姉妹だったそうです。美春様もいずれは和解したいと願って、同じ黄龍城にいながらも離れて暮らしていた雪那殿下を見守っていたのだそうですが、お二人を無理矢理引き離して雪那殿下を遠くに連れ去ったのが、他でもない土蜘蛛殺しの英雄と呼ばれる、華衆院國久《かしゆういんくにひさ》……私の腹違いの兄にあたる人物です」

茉奈の血を分けた兄と聞いて、その場にいる全員が目を見開く。

そこから更に詳しく事情を聴いてみると、華衆院國久は姉との和解を願う美春や雪那の気持ちを考慮せず、借金の返済代わりにと雪那との婚約を皇帝に求め、そのまま領地へと連れ去ってしまったらしい。

理由はただ、帝国内における華衆院家の地位を高めるため。皇族との縁続きを求めて、雪那を利用するためだ。

「な、何だよそれ！　そんな下らない理由で女の子を金で買うような真似をするなんて、最低な男じゃないか！」

利益の為だけに当人の意思を踏み躙り、金の力に物を言わせて無理矢理結婚を迫る……それは刀夜にとって許し難《がた》い所業だった。

「実際、美春様がどのように思っているのかは測りかねますが……雪那殿下は碌《ろく》な目に遭《あ》っていないと思います。何しろ華衆院國久という男は、自分が権力を得る為なら実の父をも追放する冷たい人間ですから」

茉奈曰く、華衆院國久は前当主である実母が死んだ時も、実父である前久《まえひさ》を葬式にも参加させず、非情にも無一文《むいちもん》で追放したという。

おかげで茉奈の両親はもちろんのこと、茉奈本人も苦労が絶えない日々を送ることになり、結果として金銭的な問題で一家は離散。美春に拾われなければ、茉奈はどこぞの野盗《やとう》の慰《なぐさ》み者になっていてもおかしくなかったらしい。

「あり得ないだろ……⁉　血の繋がった親や妹に、どうしてそんなことができるんだ……⁉」

國久の行いを聞いた刀夜は怒りで体を震わせることしかできなかった。自分なら絶対に茉奈を見捨てるようなことはしない。半分しか血が繋がっていなくても、ちゃんと家族として迎え入れて大切にするのに……と。

「あと、これは噂で聞いたことなんですが……どうやら華衆院國久は五年前、決闘を挑んで来た女性を完膚《かんぷ》なきまでに叩き潰したとか。これらの事実を考慮《こうりよ》すれば、華衆院國久がどれだけ冷徹《れいてつ》非情《ひじよう》な人物であるかを理解してもらえるかと」

それを聞いた刀夜は、とうとう開いた口が塞《ふさ》がらなくなった。それは話を聞いていた真琴や朱里、切子も同じだ。皆が國久の悪行に義憤《ぎふん》を燃やしている。

「女の子の自由を金で奪うだけじゃ飽き足らず、暴力まで振るうなんて……！　俺はその國久って奴の事を許せそうにない！　いつか絶対にぶっ飛ばしてやる！」

＝＝＝＝＝

「皇太女である天龍院美春殿下が、刀夜と名乗る剣の達人を客将として迎え入れた……か」

土蜘蛛との戦いから早三年。領内で増えた妖魔の討伐に出ていた俺のもとに届けられた、首都の別邸《べってい》を拠点《きょてん》に仕事をしている家臣《かしん》たちからの手紙を見て、深く息を吐く。

この手紙が意味するところは一つ……遂《つい》に原作が開始されたのだ。今日これからの時に備えて準備を進めてきたが、その成果が試されようとしている……そう思うと、緊張するのを禁じ得なかった。

「原作は既に変わった。ハーレム主人公、御剣刀夜がどう動くかはもう予想できんが……やってやろうじゃねぇか」

俺の邪魔をしないというのならどうもしない、好きにすればいい。だが俺の邪魔をするというのなら、容赦《ようしゃ》なくはっ倒す。

丁度、定期報告の為に近々黄龍城に登城する予定になっている。その時にでも原作主人公がどんな感じなのか、見極めさせてもらおうじゃないか。

「おっと、その前に……コイツを処分しとかないとな」

俺は超巨大な岩の龍に咥えさせ、浮かび上がらせていた土蜘蛛を一瞥《いちべつ》し、岩の龍の顎《あご》を全力で閉じて土蜘蛛を嚙み潰す。

三年前は雪那の助けがあってようやく倒せた妖魔を、今では一人で倒せるようになった。土蜘蛛が断末魔《だんまつま》の叫びと一緒に妖魔特有の緑色の血をまき散らすのを見ながら、俺はこの三年間の成長を確かに実感するのだった。

肆章　黄金の夜明け

　この三年間で、俺を取り巻く環境は目まぐるしく変化していった。そんな中で大きな変化の一つと言えば、三年前の戦いを機に呼ばれるようになった、土蜘蛛《つちぐも》殺しの英雄という呼び名だろう。

　土蜘蛛は強大な妖魔《ようま》だ。それを単身で倒したという話が華衆院領《かしゅういんりょう》の内外に広く知れ渡り、家臣《かしん》の力を借りながらだが領地運営も割と上手《うま》くいってるのもあって、俺の評判は鰻上《うなぎのぼ》り。妖魔が来ても俺がいれば退治してくれるっていう風潮《ふうちょう》を作ることができた。

（まぁ三年前の戦いは、雪那《せつな》に思いっきり助けられたんだけどね）

　本来なら雪那にも賞賛《しょうさん》が浴びせられてしかるべきだと思うんだが、そうすると龍印《りゅういん》の事が表に出てしまう。

　それで、雪那とも話し合った結果、あの戦いの功績《こうせき》は全て俺が得るという形になった。三年前の戦いの時、何が起こったのか……それを知るのは当人である俺たちと、宮子《みやこ》と重文《しげふみ》、ごく一部の家臣だけだ。

（自分の実力を脚色《きゃくしょく》して広めるっていうのは抵抗があったけど……後から本当に自力で土蜘蛛を倒せるようになったってんなら、問題なかったしな）

この三年で、俺の魔術師としての実力は跳ね上がった……これが二つ目の大きな変化。

今の俺にとっては土蜘蛛すら相手にならないという事が、先の掃討戦《そうとうせん》で証明できた。

再び戦乱の世が幕を開ける原作シナリオ開始までに確かな実力を身に付けるという、五年前に定めた俺の目標は達成できたという訳である。

（……土蜘蛛を一人で楽々倒せるようになったんだ。少なくとも、大抵《たいてい》の武闘派《ぶとうは》ヒロインに負ける気はしない）

【ドキ恋】の原作でも、土蜘蛛を一人で倒せるキャラは数少ない。そんな一握《ひとにぎ》りの強敵でもない限り、一対一で戦う分には俺に勝てる魔術師はそう多くないんじゃないかというのが、客観的に下した俺の判断だ。

もちろん、実は過大評価だったっていう可能性もある。これからも強くなる必要はあるけど、少なくとも華衆院軍の中で俺に敵う魔術師が存在しないのは事実だ。

（これから戦う可能性のある、ラスボスや他の領主との戦いの下地ができた……後はもう、勝つか負けるかだな）

もちろん、俺は全力で勝ちに行くんだけども。俺の恋路を邪魔しようってんなら、敵が美少女だろうが何だろうが知った事か。ボコボコにしてやる。

……さて、少し話は変わるんだが、雪那に龍印が宿った以上、俺は敵を打ち倒すよりも雪那を守ることに重きを置くことになるだろう。本来なら四六時中傍に置いておきたいところではあるんだけど、それだとプライベートもクソもないし、何よりも現実的じゃない。

龍印の事を秘密にし、雪那を守るには、どうしても協力者がいる訳である。

「それじゃあ、俺が首都に行っている間は雪那の事をよろしく頼むぞ、重文」

「お任せください。雪那様の秘事は、この松野《まつの》重文が命に代えてもお守りいたします」

そんな訳で俺は今は、鍵付きの二重扉の奥にある、内緒話をするのにうってつけである当主の部屋に招き入れた重文に、雪那の事を託《たく》すことにした。

俺が一番信頼できる家臣だし、それもあって雪那に龍印が宿っていることを知っている、数少ない人間だ。家中における影響力も大きいし、俺が留守の間、雪那の秘密を守るのにこれ以上うってつけの奴もいない。

「普通なら、雪那を首都まで同行させてもいいはずなんだけどなぁ」

「遺憾《いかん》ではありますが、仕方ありません。皇帝陛下が雪那様を疎《うと》んでいるのは確かなようですし、皇族のお膝元に連れて行かない方が何事も穏便《おんびん》に済みます」

婚約者の里帰りすらできないなんて、名目上の我が主君ながら実に狭量《きょうりょう》だ。迷信なんか信じずにドンと構えとけばいいものを。

……まぁそうは言ってられないのが、このままならない世の中だ。道理を通すのも、我を通すのも楽じゃない。

「改めて言うが……龍印の事を秘密にするのは、皇族に弓引く事と同じだ。バレれば最悪、華衆院家は根絶《ねだ》やしだし、関わった人間もただじゃすまない。それを承知の上で巻き込んだ俺を恨《うら》むか？　重文」

「何を今さら仰っているのか。もしも華衆院家に見切りをつけているならば、私はとうに雪那様の秘事《ひじ》を漏らしております」

そう言って笑う重文に、俺も苦笑で返す。

三年前、雪那に龍印が宿ったことを伝えた時はそれはもう驚いていたし、龍印の事を皇族にも伝えないと言った時は頭を抱えていたもんだが、それでも重文は俺たちの味方をしてくれた。

それは華衆院家への忠義によるところも大きいんだが、重文自身が雪那の事を気に入っているというのもある。

――――私は私なりに雪那様の事を見てきました。その上で、命をかけてお守りするに値する方だと判断したまでです。

元々、家督《かとく》を継ぐ気がなかった俺を繋ぎ止めたきっかけになっただけでも感謝してたんだろう。その上で、雪那は俺の為、家の為にできる努力を何でもしてきた。何十年と華衆院家を守ってきた重文が忠義を示すのに十分だったんだと思う。

全く、重文には本当に頭が上がらない。これほどの家臣に恵まれたことは、この世界に生まれてトップクラスで良い事だったと断言できる。

俺は重文を労るように、手元に置いてあった徳利《とくり》を持って、その口を重文の方に向けて傾けた。

「まだ若く未熟な俺たちには重文が必要だ。迷惑かけると思うけど、これからもよろしく頼む」

「なんの。この重文、最後までお二人をお支えいたしますとも」

徳利の中に満たされていた清酒を、重文が両手で持っていた盃《さかずき》に注ぎ、その次に俺の前に置かれていた盃に酒を注ぐと、重文は盃を片手に持ち直し両目を片手で押さえた。

「感慨深いものですな……っ。こうして國久様《くにひささま》自ら酌《しゃく》をしていただき、酒を酌《く》み交《か》わせる日が来るだなんて……っ！」

「あー、もう。一々泣くなよなぁ」

この世界だと、十八歳から酒が飲める。俺も先日、無事に十八歳になったってことで、こうして慰労《いろう》を兼ねて重文と飲んでいるって訳だ。これが大きな変化の三つ目だな。

ちなみに雪那は俺より誕生日が遅いから、ギリギリまだ十八歳じゃない。誕生日を迎えたら、雪那とも飲んでみたいところだ。

「ほれ、こうして肴《さかな》も用意したんだ。冷めちまう前に食おうぜ」

「では、失礼して」

俺は盃と一緒に床に置いてあった大皿に盛られた揚《あ》げたジャガイモ……フライドポテトを重文と一緒に抓《つま》む。

「それにしても、爆発的に流行《はや》りましたな、馬鈴薯《ばれいしょ》。今や華衆院領の特産品ですし、懐《ふところ》も潤《うるお》った。これも國久様が提案したおかげでしょう」

「それを言うなら、各所との調整を行った重文たち家臣団や、実際に馬鈴薯を育てた農民たちの努力の賜物《たまもの》だろ。俺はちょっと提案しただけだし」

饕餮城《とうてつじょう》の裏手に不毛の岩山が聳《そび》えていたその場所は、今では農業研究所となって海外から輸入されてきた様々な農作物を研究し、育てている。そんな研究所の成果にして、この三年間の大きな変化の四つ目と言えば、ジャガイモの大量生産に成功した事だろう。

冷害に強く、大量に育つジャガイモの評判は領内を駆け巡り、各地から種芋の販売を求められているくらいだ。

「それでも、馬鈴薯がこれほどまでに領民の間に定着したのは、國久様が馬鈴薯を揚げるという調理方法を思い付いたからでしょう。酒にもよく合いますし、今や領内中の酒場で、この揚げ馬鈴薯を出さない店はありませぬ」

「まぁ元々、うちの領地は天麩羅《てんぷら》みたいな揚げものが名物だったしな。馴染《なじ》みのある揚げもので、早い、安い、美味いの三拍子《さんびょうし》が揃ったら、そりゃ流行るだろ」

海産物の養殖《ようしょく》、絹織物、塩に蜂蜜《はちみつ》と、大和帝国《やまとていこく》屈指《くっし》の大貴族なだけに様々な名産品がある華衆院領だが、その中でも古くから領地を支えてきたのが、植物性の上質な油だ。

その油をふんだんに使った天麩羅は昔から地元民に愛されてきたんだが、その天麩羅に似た料理で、手軽に作れて飽きにくい美味さから、フライドポテトは酒の肴として超絶受けた。

そうやってジャガイモが魅力的な食材だと分かれば別の調理法を試したいっていう料理人も出てきたし、今では行商人を介して別の領地でもジャガイモが話題になりつつある。

「馴染みのない新食材を宣伝するなら、やっぱり流行りになる料理がいるって思ったんだよ。今研究中の玉蜀黍《とうもろこし》や人参でも、流行りそうな料理を考えたいところだな」

そう言いながら俺は杯を傾けて口の中に酒を流し込み……思いっきり顔を顰めながら呑み込んだ。

「にっっっが……！　あーっ！　胸が焼けるみたいに熱い！」

「……この五年で國久様は本当にご立派になられましたが、酒が苦手なところが難点ですな。これからは会合の場で酒を勧められることも増えますし、酒には早くに慣れた方が良いですぞ」

「むぅ……酒に溺《おぼ》れる領主より、酒が苦手な領主の方が断然良くないか？」

「ははは、違いない」

前世も二十歳ちょいまで生きてたから酒を飲んだことがあるけど、やっぱり苦手だったんだよな。カクテルみたいなジュース並みに甘い酒だったら好きなんだけど……この強烈な苦さがどうにも好きになれん。

（華衆院領だと果物栽培は殆《ほとん》どしてないし、カクテル作ろうと思ったら他所《よそ》の領主と協力しないとな）

まぁ優先順位は低いから後回しで良いけど。

その後、しばらくの間重文と酒盛りをしていた俺は、明日に響かない程度でお開きにして、寝る前に雪那の私室へと足を運んでいた。

別に何か用があるって訳じゃない。しばらく領地を離れて、雪那とも会えない時間ができてしまうから、今の内に雪那分を補充しておきたいのだ。

「雪那、今いいか？」

「國久様？　はい、どうぞお入りください」

許可を得た俺は雪那の部屋の中に入る。どうやら今は宮子は外しているらしく、雪那は自分が座っていた座布団《ざぶとん》の前に新しい座布団を自ら敷いてくれた。

「夜遅くに来て悪いな」

「いいえ、お気になさらず。どうぞ、遠慮《えんりょ》なくお座りください」

促《うなが》されるがままに俺は座布団に座り、穏やかな微笑みを浮かべる雪那を眺《なが》め、感嘆の息を零《こぼ》す。俺にとって一番嬉しい五つ目の大きな変化……それは、雪那がより俺好みの美少女に成長したという事だろう。

原作における現時点での雪那も、みすぼらしい着物を着ていたにもかかわらず、俺の中で一番の萌えキャラっぷりだったが、今目の前にいる雪那は明らかにそれ以上……不遇な扱いを受けていた原作と異なり、華衆院領で磨き抜かれた今の雪那は、見る者全てを魅了するような煌《きら》びやかさを放っていた。

こんなストライクゾーンど真ん中の美少女が俺の婚約者だなんて……五年経った今でも、感動を禁じ得ない。

「それで、どうかなさいましたか？　私に何かご用でも？」

「いや、用ってほどじゃないんだよ。ただ明日から首都に出向くことになるからな。愛する婚約者と数日会えなくなるのが寂《さび》しくて来たんだが、迷惑だったか？」

「あ、愛っ⁉　い、いえ、その！　迷惑だなんてそんなことあるはずがありません……！」

一瞬で顔を赤くして慌てる雪那。その様子を見守っていると、彼女は俯《うつむ》きながらポソポソと呟《つぶや》き始めた。

「わ、私もその……あ、あああああああああああああああ……！」

もう煙が出るんじゃないかってくらいに赤くなった顔で、壊れたボイスレコーダーみたいな声を出し始め、やがて両袖で顔を隠しながら消え入るような声で俺に懇願した。

「ご、ごめんなさい……い、今のは聞かなかったことにしてください……！」

「あぁ、分かったよ。いずれ言えるようになる日を気長に待つさ」

三年前の一件から、俺が愛の言葉を囁《ささや》くと、雪那はこんな感じの反応をするようになった。俺に対して何かを伝えようとするけど、口に出すのはあまりに恥ずかしくて結局何も言えなくなってしまう……そんな反応だ。

だがこれまでの経緯と雪那の反応、そして言いかけた言葉から何も察せないほど、俺は鈍感系じゃない。

（まったく、本当に焦らすんだからぁ）

だがこの状態が全然嫌だとは感じない。恋愛において、両片思い期間が一番楽しいとはよく言ったもんだ。

生憎《あいにく》と待つのは得意だ。だったら今この一瞬も全力で楽しんでやろうじゃないか。

「國久様……？　もしや私をからかって楽しんでいませんか……？」

「いや？　そんな事はないぞ？　ただ雪那は今日も可愛いなって思って」

「かわ……っ⁉　も、もう！　國久様は意地悪です……！」

顔を真っ赤にして控《ひか》えめに抗議する雪那。そんな反応すら愛らしくて、俺は声を出して笑う。

そんないつまでも続いてほしいと思える一時はあっという間に過ぎていき、俺は首都に向かって出発するのだった。

＝＝＝＝＝

と言っても、首都でやる事なんて殆《ほとん》どないんだけどな。

マジで定例報告に来ただけだし、もう皇帝に対して報告だけ済ませればそれで終わりって感じだ。これといった交渉相手も、同じ時期に黄龍城《おうりゅうじょう》に来ている訳でもないし。

だからこのままさっさと領地に戻って雪那分を補充したいところなのだが……。

（一応、主人公たちの姿も確認しときたいしな）

領主が黄龍城に登城すれば、都合の付く皇族全員に挨拶《あいさつ》を済ませるのが一般的だ。だから次期領主である俺が、刀夜《とうや》を傍仕えにしているであろう美春《みはる》に挨拶したいって言えば、向こうも都合を付けてくれた。

そしていざ面会に臨《のぞ》むと、そこには見覚えのある五人を傍に控えさせた美春が俺を待っていた。

(この世界には存在しない学生服を着た三人組に、青髪の美幼女。……そして意外なのがいやがるなぁ)

主人公である御剣刀夜《みつるぎ》に、その義妹《ぎまい》と幼馴染《おさなな　じ》みである御剣朱里《あかり》と羽田真琴《はねだ　まこと》。天龍院《てんりゅういん》家《け》の宝刀《ほうとう》である鬼切丸《おにきりまる》の化身《けしん》である切子《きりこ》……そして、五年前に一度顔を合わせたきりで、それ以降一度も対面しなかった、原作では第二部のヒロインの一人にして華衆院家の次期当主になっていた、俺の腹違いの妹である茉奈《まな》がそこにいた。

(俺が華衆院家の家督《かとく》を継ぐと決めた段階で、一番原作シナリオから外れたヒロインと言えば茉奈だったんだろうが……なるほど、着ている仕着せから察するに、美春に仕えるようになったたってことか)

実父である前久を追放し、茉奈とその母親が甕餮城の門を潜れなくなった時点で、俺は茉奈に対する興味を失っていたし、その後は干渉《かんしょう》も調査もしなかった。後はもう、俺の迷惑にならない範囲で好きに生きたらいいって感じだったし。

(あの後、前久は正式に華衆院家の籍から外れて旧姓《きゅうせい》に戻り、不倫相手と結婚してから五条《ごじょう》家《け》にいる兄に頼ったけど、横領《おうりょう》しようとしたのがバレて、家族諸共《もろとも》追放されたって話だったたな)

我が父ながら、とことん馬鹿な男だと呆《あき》れざるを得ない。婿《むこ》入り先から出戻ってきた弟と、その不倫相手+子供まで引き取ってくれただけでも感謝してしかるべきなのに、横領をしでかすなんてな。

むしろ追放くらいで済んだという事に驚きだ。横領の罪は切り捨て御免《ごめん》でも文句《もんく》が言えないくらい重い。兄弟としての情もあったんだろうが……悪運の強い奴だ。

「お久しぶりでございます、皇女殿下。こうしてお目通りが叶うのは五年振りとなりますが、息災のようで何よりです」

まぁ今は茉奈の事なんてどうでも良い。俺は片膝を突いて美春に挨拶をしながら、この場に集った主人公とハーレムメンバーたちの顔を確認する。

原作の第二部に登場するはずの茉奈がこの場にいたり、幸香や菜穂を始めとした、第一部に登場する攻略ヒロインたちも数人いなかったりするけど、この場にいる美春、切子、真琴、朱里の四人は、シナリオでも登場回数の多いキャラだ。そんな奴らが既に主人公と行動を共にしているとこの目で確認できただけでも、挨拶に来た甲斐《かい》がある。

後は適当に話をして、早々に切り上げればいい……そう思っていたんだが。

「下らない常套句《じょうとうく》はどうでもいいわ。そんな事よりも聞きたい事があるから正直に答えなさい、華衆院國久」

挨拶そのものをぶった切って、美春の方から質問をぶつけられることになった。……

ていうか、なんだろう？　刀夜を始めとしたハーレムメンバーにやたらと睨《にら》まれてないか？

「この五年間、一度もアレから私宛《あて》の手紙が届いていないわ。もしかして、あんたが握り潰している……なんてことをしていないでしょうね？」

「失礼。アレ……とはなんでしょう？　察するに特定の人物の事を言っているようですが……もしや、貴方の姉であり、私の婚約者である雪那の事を言っているのですか？」

「……！　あんなのが姉だなんて言わないで！　不愉快だわっ！」

聞き返すと、顔を赤くして捲し立てるように大声を張り上げる美春。

「あんなのが生まれたせいで、私たち皇族は『忌《い》み子《こ》を産んだ一族』って馬鹿《ばか》にされて、東部の人間からの求心力を下げる羽目《はめ》になったのよ⁉　その原因になった奴の事を、家族なんて認められるはずないじゃない……！」

一切非の無い雪那を誹《そし》るような発言を聞かされて、思わず顔を顰《しか》めてしまいそうになる俺だったが、そこはクールに我慢する。今この場で、俺まで感情的になって皇族と口喧嘩しても良い事ないしな。

「それは失礼しました……ですが、それほど疎《うと》んでいるのなら、どうして雪那からの手紙を気にするのです？　むしろ手紙など送らない方が、美春殿下を煩《わずら》わせることもないと思うのですが。雪那もそれが分かっているからこそ、手紙を出さずにいるのです。断じて手紙を握り潰すような真似は致しておりません」

「そ、それは……！」

至極真っ当な正論をぶつけてやると、反論する言葉が見つからないのか、美春は俯《うつむ》いて黙ってしまう。

……なーんか、やたらと拗らせてないか？　原作でも周囲からのプレッシャーで雪那に対して素直になれないって感じだったけど、こんな訳の分からんキレ方するほどじゃなかったはず。

（今も思わず雪那の事を悪く言って、後悔と罪悪感に苛まれてますって顔をしてるけど、それでもここまで雪那の事を悪く言うようなキャラだったか……？）

俺がこの世界に生まれてから十八年以上も経ってるし、原作の方も読み飛ばしてたから色々とうろ覚えだが、少なくとも口に出して雪那の悪口を言うようなキャラじゃなかったはず。精々《せいぜい》、雪那の事を話題に出したら意固地になって怒るくらいだったと思うんだけど。

俺が原作を変えたことでバタフライエフェクト起こして、美春の性格が変わったとか？　まぁいずれにせよ、素直に雪那に対して謝りもしないどころか悪く言うような奴に、こっちから手を差し伸べてやるつもりはない。

「ふむ……どうやら美春殿下のご機嫌は良くない様子。これ以上話題に出すのも気が引けるので、この辺りで失礼しましょう」

「待て、華衆院國久！」

立ち上がって一礼してからこの場を去ろうとした矢先、いきなり刀夜に呼び止められた。

……え？　いや、本当に何？　なんかメッチャ睨んでくるんだけど……え？　俺、なんかこいつの反感を買うようなことした？

「俺からも聞かせろ！　お前がここにいる茉奈を家族として受け入れなかったって本当か⁉」

突然話しかけられたと思ったら、タメ口で責めるような口調で問い詰められ、俺は思わずポカーンと口を開いてしまった。

原作シナリオを知る身としては、上下関係にそこまで厳しくない現代日本で育った刀夜が敬語が苦手っていうのは分かってたけど、こうして身分差社会で長年生きてみると、刀夜の態度には呆《あき》れるしかない。いくらこの世界の事情に疎いからって、初対面の相手にこれはどうなんだ？

「殿下……この男は一体何なのです？　何故どこの誰とも分からぬ輩《やから》に、いきなり呼び捨てにされた挙句《あげく》に詰問されているのでしょうか？　私は殿下のご不興を買うような真《ま》似《ね》でもしてしまいましたでしょうか？」

「おい！　俺を無視するな！」

「彼は私の客将《きやくしよう》よ。宝刀、鬼切丸に選ばれた国外出身の凄腕の武人を私が雇ったって話は聞いたことがない？」

「その話なら耳にしましたが……あぁ、なるほど。この者たちがそうなのですね。道理で馴染みのない服を着ているはずだ」

俺は自分が転生者であると推測されないように言葉を選びながら話す。

ちなみに刀夜が既に噂になっているっていうのは本当だ。何百年と使い手が現れなかった鬼切丸に選ばれただけでも話題性は十分だし、美春に従って妖魔やら犯罪者を倒してるから、首都では結構有名人になっている。

「で？　お前は何故俺に対してそのような口の利《き》き方をしている？　いかに殿下の客将とはいえ、無位無官の輩に舐めた口の利き方をされるほど、この華衆院家次期当主、華衆院國久は落ちぶれていないんだが？」

「な、なんだよそれ⁉　口の利き方に気を付けなきゃいけないほど、お前は偉いのかよ⁉」

「そうだな……少なくとも、城という公の場で平民にそのような口を利かれたら、罰を与えなくてはならないくらいには偉いな。こうして口頭注意で済ませているのは、お前を雇い入れた殿下の顔を立てての事だと理解しろ。お前がふざけた態度を取る度に恥をかくのは、お前を客将として迎えた美春殿下なんだぞ？」

ちなみにこれは脅しでもなんでもなくマジだ。私的な場だったら俺もそこまで口うるさく言わないけど、黄龍城は国中の色んな有力者が集まる公的な場所。そんなところで平民に舐めた口を利かれたら、権威を守る為に大なり小なり罰を与えなきゃいけない。

むしろ俺の対応なんて相当優しいと思う。罰を求めないどころか、忠告までしてやってるんだから。心の狭い貴族なら斬り捨てるくらいはするぞ？

「そんな下らないことで人が人を罰するなんて……！　お前は間違っている！」

しかしそんな俺の忠告は一切聞き入れず、刀夜は真正面から俺を非難してくる。

「人っていうのは皆平等なんだ！　それをお前みたいな金だけあるような奴が勝手に歪めて上下関係を作るなんて、そんなのおかしいだろ⁉」

「……生まれ、性別、才能といった点を考慮すれば人間が平等などあり得ないし、上下関係は人間社会をより円滑《えんかつ》にするために必要なことだと思うんだが？　特にこの大和帝国は身分制度が敷かれた国だ。妖魔という不安が常に付きまとい、魔術という大きな力が存在するがゆえに移ろいやすい秩序《ちつじょ》を守る為には必要なことだ。お前たちがいた国では、そういう概念は存在しなかったのか？」

「だとしても、俺なら口の利き方一つで誰かに罰を与えるなんて酷い事はしない！　そんな事をしなくたって、人と人は手を取り合えるんだから！」

は？　何それ？　身分制度抜きでそんな簡単に人が一致団結《いっちだんけつ》できるなら、この世界の為政者《いせいしゃ》たちは誰も苦労なんてしないんだが？

なんていうか、俺の言う事なんか聞く耳持たんって感じだ。よく分からないけど最初っから俺に対して嫌悪感みたいなのを抱いてるみたいだし、俺が何を言っても無駄なんじゃなかろうか？

確かに刀夜が生きてきた世界では考えられないようなことかもしれないけど、この国にはこの国のやり方っていうのがあるんだから、素人が感情に任せて騒がないでほしい。

（正直、さっきから聞こえだけは良い単語が交じった、無責任な暴論を言ってるようにしか聞こえないんだが……この男を諫《いさ》められそうなヒロインどもは、どいつもこいつも使い物にならなそうだ）

とんでもなくぶっ飛んでいるハーレム主人公のご高説を聞いて、ヒロインズは皆「さすがは刀夜！　信念の籠《こ》もったセリフだわ！」みたいな感じでトキメキ＆ドヤ顔を晒《さら》していやがる……！

ていうか美春！　身分制度の頂点に立つ皇族のお前まで刀夜の暴論に賛同しちゃダメだろ⁉　これまで散々身分制度の恩恵《おんけい》に与ってきた奴が、なにを呑気《のんき》にトキメいてやがるんだ⁉

（そういえば美春って、原作でも刀夜の平等論を聞いて「斬新《ざんしん》な発想だわ！」みたいな

こと言って理解を示してた展開もあったたっけなぁ）

こんなとんでもない発言のオンパレードでそんな反応をするなんて、やっぱり刀夜は催眠《さいみん》アプリでも使ってるんじゃないか？

いずれにせよ刀夜のハーレムは、早くも順調に築かれているらしい。こんなのが皇太女でこの国大丈夫か？

「そんな事より俺の質問に答えろ！　お前が茉奈を家族として認めずに家に迎え入れなかったのは本当なのかって聞いてるんだ！」

「あぁ……？　まぁ、その通りだけど？　それがどうした？」

「それがどうした、だって……⁉　お前、よくそんな事が言えたな⁉　お前が茉奈たちを家族として迎え入れなかったせいで、茉奈だけじゃなくて、茉奈のお父さんとお母さんも大変な目に遭って家族がバラバラになったんだぞ⁉　実の父親と血の繋がった妹に、どうしてそんな酷《ひど》いことができるんだ⁉」

それを聞いた俺は、チラリと茉奈に視線を向ける。その視線を受けた茉奈は、そっと視線を逸らした。

そんな態度を見た俺は、どうして刀夜たちが俺に対して敵意を向けてくるのか、その理由を察した。どうやら茉奈は俺が悪く聞こえるように、刀夜たちに自分の経歴を話したらしい。それが故意的なものなのか、はたまた本心からそう思って話したのかは分からないが、はた迷惑なことだ。

「それがどうした？　知らないようだから教えてやるが、俺たちの父である前久は、俺の母を蔑《ないがし》ろにして領地運営も一切手伝わずに愛人と放蕩《ほうとう》の限りを尽《つ》くし、そこの女は父と愛人の間にできた、華衆院家の血が一滴たりとも流れていない娘だ。そんな奴らを華衆院家に迎え入れてやる道理がどこにある？」

「だからって……！　血の繋がった家族だろ⁉　少しの情も感じないっていうのか⁉」

「情なんぞあるわけがないだろ。父に至っては俺が生まれる前から愛人のもとから帰ってこず、母の葬式が終わるまで碌に顔を合わせたこともないんだ。そんな血しか繋がっていないような奴らに抱く情なんて持ち合わせていない」

いくら血が繋がっていようと、言動が伴っていなければ何の意味もない。刀夜はその辺りの事を理解してるんだろうか？

……いや、してないんだろうなぁ。だからこうしてわざわざ説明してやっても、全然納得していないような顔をしてるんだろう。

「更に言わせてもらえば、一家が離散したのは父が横領に手を染め、その賠償《ばいしょう》で金銭的余裕がなくなったからだと聞いているぞ？　華衆院家に迎え入れられなかったのも、一家が離散したのも父の自業自得。俺が罪悪感を感じる必要がどこにある？」

それでも変な誤解を残したまま、弁解しないというのも不都合が多い。だからあんまり期待していないが、こうやって誤解を解けないかと刀夜に付き合ってやってるんだが……。

「う、うるさいっ！　どんな事情があったとしても、女の子を傷つけていい理由になるもんか！」

案の定、聞く耳持たずだ。茉奈が傷付いた原因を作ったのは父にあると思うんだが、刀夜の中では全部俺が悪い事になってるらしい。

それにしても……いざこうやって会話してみると、刀夜ってヤベー奴だな。原作をプレイしてる時から何となくその片鱗を見せていたけど、男と女が争っていたら、どんな事情があっても女の味方をする行きすぎたフェミニストっぷりは、最早病気だと思う。

（視点が変われば見えるものも違ってくるっていうけど、今まさにそんな気分を味わっている……）

思えば、原作に登場する刀夜以外の男キャラっていうのは救いようのない悪役ばかりだった。相対的に見て刀夜の方がマシって無意識に刷り込まれてたのかもしれん。だとしたらとんでもないカモフラージュ技法である。

正直、相手にし続けるのも疲れる人間だ。いい加減話を切り上げて帰りたいところだったんだが……刀夜は、聞き捨てならないセリフを俺に向かって吐いた。

「それだけじゃない！　お前、金の力に物を言わせて美春のお姉さんと無理矢理婚約したんだってな⁉」

「……間違っちゃいないな。皇族に代わって首都の物流を支える東宮大橋《とうぐうおおはし》を架け直した恩賞《おんしょう》として、雪那との婚約を認めてもらったし」

「そんなの絶対に間違ってる！　今すぐに美春のお姉さんを解放するんだ！」

……はぁ？　何言ってんだコイツ……？

いや、予想はしてたぞ？　原作を知る側として、俺と雪那が婚約した経緯《けいい》を知ったら言いそうなセリフだとは思っていたし、予想できてたから何言われたって冷静に対処できると思った。

(でも実際に言われると……怒りが一周して逆に冷静になるとはな)

まさかここまで怒りを覚えるとは、俺自身予想だにしなかった。それほどまでに雪那との婚約を解消しろというセリフは、俺の神経を逆撫《さかな》でするものらしい。

「愛もない、金だけで結ばれた政略結婚なんて上手《うま》くいくわけないだろ！　そんなバカげた婚約、この俺の目が黒い内は絶対に認められない！」

「認められないって……俺や雪那が誰と婚約しようがお前には関係ないだろ。それに政略結婚が悪いみたいに言っているが、結婚や婚約後に愛を育《はぐく》む夫婦だって大勢いる。お前のその発言は、そういった夫婦全員を敵に回す発言だぞ？」

「だとしても、女の子の意思を無視して無理矢理結婚を迫るなんて絶対に間違ってる！

切子！

「うむ、心得た！」

刀夜の一声に応え、切子の姿が人間のものから刀へと変化し、刀夜の手に収まる。

「俺と決闘しろ、華衆院國久！　俺が勝てば、美春のお姉さんの事は解放してもらうからな！　お前みたいな女の子を蔑ろにする差別主義者は、この俺が絶対に倒してやる！　さぁ、お前も刀を抜け！」

「えぇぇー……」

なんかもう、滅茶苦茶《めちゃくちゃ》だよ。刀夜は俺の話なんかまともに聞こうとしないし、ヒロインズは安定して刀夜の味方をして止めようとしないし、ここまで疲れる相手だと知ってたら、わざわざ会いに来なかったのにと、今更ながら後悔してるところだ。

「来ないならこっちから行くぞ！」

頭が痛くなるような展開に額を押さえていると、鬼切丸を構えた刀夜が俺に向かって突貫してくる。

正直な話、こんな決闘、受ける理由がない。立会人だっていないし、事前の取り決めだってしていないし、何より受けたところでメリットが無いからな。決闘から逃げたと吹聴《ふいちょう》されれば俺の名誉に傷がつく恐れがあるが、無視して帰るという選択肢もある。

（でもなぁ……ここまで俺の恋路を全力で邪魔しようとしてる奴を相手に退くっていう

選択肢も無いよなぁ……！）

俺は地属性魔術を発動。対象となるのは地面ではなく……刀夜が着ているズボンの金属製チャックだ。

魔術による干渉を受けたチャックはバツンッ！　と音を立てながら引き千切れ、その形状が鋭い牙のように変化。そしてそのまま形を変えたチャックを操り……刀夜の股間に、思いっきり噛みつかせた。

「ぎ……ぁあああああああああああああっ⁉」

鬼切丸を手放して膝を地面に突き、両手で必死に股間を押さえながらのたうち回る刀夜。

必死になって股間に噛みつくチャックを外そうとしているが、そうはさせまいと俺は更に魔力を注ぎ込んで、刀夜の股間をギリギリと締め上げてやる。

「ふにゅあああああうあうあうううあああああああああっ⁉」

「主様《あるじさま》⁉　一体どうしたというのじゃ⁉」

「お兄ちゃん！　しっかりしてお兄ちゃん！」

首を絞められた鶏に似た叫び声をあげる刀夜の姿に、すぐ近くにいる鬼切丸の化身である切子だけでなく、他のヒロインズもなにが起こったのか把握《はあく》しきれていない様子だ。さもありなん。刀夜が味わっている苦痛は、男にしか理解できない地獄。ソコを攻められて悶絶《もんぜつ》しない男などいないのである。

これが他の男なら同情してやるところだが……この刀夜は愛する雪那との婚約を破棄《はき》させてやると俺の前で堂々と宣言し、俺の恋路を全力で邪魔しに来やがった、百頭の馬の後ろ脚で蹴鞠《けまり》のボールにされて地獄に落ちるべき男。そんな奴に同情など必要ない。

（鬼切丸の力は、あくまでも刀身で触れた魔術を切り裂くというもの。振るう人間がいなければ、ただの刀と変わらない）

仮に刀夜が鬼切丸を振るえる状態だったとしても、魔術の干渉《かんしょう》を受けているのは股間だ。下手《へた》をすれば自分の股間を傷つける羽目《はめ》になる。

（まぁズボンのチャックなんてちゃちな金属部品を操ったところで股間を千切れやしないんだけど……こちとら小山みたいな大きさの岩を動かす魔術師だ。パワーが違う）

なんだったら、このままハーレム野郎のハーレム棒をハーレムできないように再起不能にしてやってもいい。ちゃんとした決闘の手続きもしないまま、先に刀を抜いて斬りかかってきたのは向こうだし、このまま刀夜を性転換させるくらい許されるだろう。

そう思って俺は更に強くチャックを刀夜の股間に食い込ませる。

「ほでゅぎゅにゅえええええええええええええっ⁉」

「も、もう止めなさい、華衆院國久！　勝負は付いているはずよ⁉」

とてもハーレム主人公がヒロインたちの前で晒していいとは思えない、涙と涎と鼻水だらけの顔の刀夜を見て、美春が慌てて止めに入る。

……だが、俺はそれを聞いても魔術を解除しなかった。いくら皇族からの言葉でも、今回ばかりはそうも言ってられんからだ。

「そうは仰いますが殿下……この者は神聖な黄龍城の庭園で刀を抜いたばかりか、立会人も用意せず、私の受諾《じゅだく》も待たずに決闘だと騒いだ傍から斬りかかってきたのです。いくら殿下がこの者を気にかけているとはいえ……この男の行いに正義はありますか？　いたずらに領主を害そうとした罪を見逃すだけの正当性があるとでも？」

「そ、それは……！」

俯《うつぶ》せになりながら尻を上に突き出し、股間を両手で押さえるという間抜けなポーズを取り、泣きながら声にならない悲鳴を上げ続けている刀夜を見下ろしながら、俺は美春に問いかける。

刀夜の行動を冷静な口調で説明すると、美春も思わず押し黙った。頭では刀夜に非があるという事は理解できているんだろう。それこそ、今すぐに無礼討ちにされても文句が言えないという事は。

「私は大勢の領民の未来を背負って立つ華衆院家の次期当主……命を狙ってきた不逞の輩を、このまま見逃すような甘い決断を下す訳にはいかないのです」

「命を狙って……そんな大げさだよ！　実際に怪我をさせたわけでもないのに、刀夜をこんなに苦しめるなんて酷すぎる！」

「そ、そうです！　お兄ちゃんは悪い事をした貴方を懲《こ》らしめようとしただけで……！」

「その通りじゃ！　だというのに卑劣《ひれつ》な術で主様を苦しめるなど、万死《ばんし》に値するぞ！」

んんー……！　完全に恋に妄信的になったハーレムメンバーたちの喚き声が耳障《みみざわ》りだぜ……！

「まるで話にならないな。決闘の作法も守らずに斬りかかってきた愚か者を庇い立てするなど、俺には到底理解できない」

俺も雪那に対しては色々と妄信的になっている自覚はあるけど、正直ここまで酷くはないと思う。真に相手を想えばこそ、誤った道を進もうとしたら全力で諫めてやるのが、人を愛するってことだ。ただ好きになった相手をヨイショし続けることが、そいつの為になるとは限らないんだからな。

まぁ道理にかなっていない頭の悪い発言をしている、身分が低いヒロインズの事なんぞ無視だ。俺は引き続き刀夜の股間を更に強く締め上げる。

「まぁこれもこの男の自業自得。刀を抜いて斬りかかってきた以上、己もまた殺される覚悟があっての事だろう」

「あ、あ、あぁあ……！」

「待ちなさい！　もうそこまでよ！　今すぐ魔術を解除しなさい！　これは命令よ！」

命令……そう聞いて、俺は一旦魔術を解除する。痛みから解き放たれた刀夜に、朱里や真琴、切子に茉奈が駆け寄るが、あの様子だとしばらく復活するのは無理だろう。

「殿下……何故止めるのです？　如何に皇族に一目置かれようと、たかが客将にここまでの無礼《ぶれい》を働かれて、黙って引き下がれとでも？　殿下の客将が起こした過ちを咎《とが》めることを、皇族としての命令を以《もっ》て止めると仰るのなら、こちらは皇帝陛下を巻き込んで徹底抗議をさせていただきますが？」

「たとえお父様に咎められたとしても……刀夜は数百年ぶりに鬼切丸に選ばれた待望の剣士で、私にとっても大切な人よ！　あんたなんかに、絶対殺させないんだから！」

美春の言葉には、軍事的な価値がある鬼切丸の使い手を守る事よりも、自分が好きになった男を守りたいっていう意志が強く表れていた。

好きな人を守りたいっていう気持ちはよく分かるが、だからと言って好き勝手させても良いって訳じゃない。本当に刀夜を想うなら、この世界での相応の立ち振る舞いっていうのを徹底させてほしいもんだ。

（だが待てよ……？　このまま刀夜を処分するように動くよりも、俺と雪那にとってメリットのある話に持っていった方が良いんじゃないか？）

俺がそう思ったのは、今回の件で特に実害がなかったっていうのもあるが、刀夜が俺にとって脅威たり得ないと認識したのが大きいからだ。

実際に戦ってみて確証を得たんだが、純魔力攻撃を完全封殺する近接戦闘型の刀夜に対し、物理攻撃である地属性魔術は凄まじく相性《あいしょう》が良い。正直、刀夜がチャック付きのズボンを穿《は》いてなくても勝てたと思う。どうやら俺は主人公の強さを過大評価して、少し強くなりすぎたらしい。

つまりこのまま生かしておいてやっても、大きな害になりにくい。皇太女の反感を買ってでも刀夜を処分するより、多少恩を売るつもりで実を取った方が良い。

(さらに冷静に考えると、ここで事を徒《いたずら》に大きくするのは俺にとって都合が悪い)

まず大前提として、かつては自由を求めていた俺が多忙な貴族としての身分に拘っている理由は、雪那の存在が全てだ。皇女を娶《めと》るにはしっかりとした身分が必要だから家督を継いだ訳である。

言ってしまえば、俺にとって貴族としての活動やら立ち振る舞いなんていうのは手段でしかない。雪那との幸せ結婚生活という、俺にとっての至上命題を果たすための利になるのなら、貴族としての面子《めんつ》だの、刀夜の今後なんて話はどうでもいいことだ。

(もちろん、可能な限りは貴族としての役目を全うするけど、本命の目的はあくまでも雪那と無事に結ばれることにあるからな)

目的と手段を履き違えて行動をするような真似をするわけにはいかない。これらを踏まえて冷静に今後の展開を予想し、その上で刀夜たちを見逃すという結論が頭に浮かんだのだ。

（この場で刀夜に……ひいては雇用主である美春に対して責任を追及するのは簡単だ。でもそれをやったらメリットよりもデメリットの方が大きくなりそうだったんだよな）

今の皇帝は子宝に恵まれず、実子は雪那と美春の二人しかいない。本来なら正室の子である雪那が皇位を継ぐはずだったが、忌み子と疎まれる赤目を持って生まれたが為に、側室の子である美春が皇太女となった。

しかしここで美春に責任を激しく追及しすぎて、皇太女の座から追われるような事になったらどうなるのか……。

（雪那が次期皇帝候補の一人として、勢力争いに巻き込まれる）

この国における皇族や貴族の継承権は、血統が大きく影響する。帝国内を広く見渡せば皇族の血を引く人間は至る所にいるが、直系となる者は現皇帝を除けば、雪那と美春しかいないのだ。

今は美春という次の皇帝がいるからいい。しかしその美春が立場を追われれば、雪那を擁立《ようりつ》しようとする人間は必ず現れる。いくら忌み子だと疎まれようとも、冷静に考えれば、赤目の人間が不吉なんていうのはただの迷信でしかないと思い直す人間も多いだろうし、皇帝自らがそうなる可能性も高い。

（元々、皇族の嫡子《ちゃくし》で本来なら皇位継承権一位になっていたはずの人間だからな。せっかく俺《おれ》との婚約で皇帝候補から外れたのに、その婚約を白紙に戻される可能性だって否定できない……！）

原則、領主と皇帝の結婚は認められていない。美春という後継者を失った帝国政府中枢の人間たちが、迷信を信じる人間たちの反感を買うというリスクを背負ってでも雪那を次の皇帝に擁立するように動くという展開は、俺にとって何が何でも避けたいことなのだ。

忌み子の皇女に皇位を奪われるくらいならと皇族の血統の末端を推挙《すいきょ》する反対派の連中も現れるだろうし、複数人の皇位継承者があちこちで推挙されて血で血を洗うような大政争が巻き起こる可能性が高いだろう。そんなところに雪那を放り込むような展開は論外。美春には皇太女の地位にいてもらわないと困るのだ。

（少なくとも、皇族の権威すら撥《は》ね除《の》けられるくらい、華衆院家の力が強まるまではな）

頭の中で算段を立て終わった俺は、あたかも「仕方ない」と言わんばかりに小さく息を零してから口を開く。

「殿下がそこまで仰るなら、今回の件を不問に付すのも吝《やぶさ》かではありませんが……この男は決闘と称して私に斬りかかってきたのです。事前の取り決めは何一つされていませんが、決闘の勝者は敗者を好きにしても良いというのが大和帝国の習い。であれば勝者たる私がこの男に対して勝利の対価を求めるのが当たり前のことですが……正直、この男が俺が求める物を持ち合わせているとは思えません。それこそ、雇い主である殿下が責任を持ってこの男の尻拭いでもしてやらない限りは……」

「……一体何が望みなの？」

今回ばかりは話が早くて助かる……俺はニンマリと笑いながら、要求を口にした。

「皇太女任命の際に陛下から一部譲渡《じょうと》された、天龍院家重代の家宝の数々。その内の一つにあるという護りの短刀、月龍《げつりゅう》を下賜《かし》していただきたい」

天龍院家重代短刀、月龍。名前の通り、刀身に龍の姿が彫《ほ》られたその短刀は、魔力を込めることで所有者を中心とした結界を張ることができる、鬼切丸と並ぶ業物《わざもの》だ。

込めた魔力量に応じて結界の範囲と強度が増すのが特徴で、原作では龍印を譲渡された美春は、月龍の力を使って超広範囲かつ強固な結界を駆使し、あらゆる戦況《せんきょう》で有利に立ち回ってきた。

もちろん、雪那を死なせるつもりはないから、そんな原作通りの展開は訪れない。だったらこっちで有効活用してやろうって訳だ。

(雪那に龍印が宿っていることがバレようがバレまいが自衛の手段は必要だし、龍印による無尽蔵《むじんぞう》の魔力と月龍の力が合わされば、よっぽどのことが無い限り雪那を害することは誰にもできないって訳だ)

これを入手しないっていう手はない。月龍の力があれば、俺と雪那の幸せ結婚生活がより確実なものになるってもんだ。

「月龍を渡せば、本当に今回の件をお父様に黙っていてくれるの？」

「無論。次期領主ともなれば俺を害そうとする人間も増えますからね。実際、先ほども不逞《ふてい》の輩に斬りかかられましたし……月龍があれば色々と安心できるのですよ」

「……いいわ。その話に乗ろうじゃないの」

よし、交渉成立だ。何事も言ってみるもんである。

ひょんなことから思わぬ成果を得ることができた俺は、その切っ掛けとなった刀夜を見下ろしながら口を開いた。

「……と、そういう訳だ。本来なら命を以《もっ》て償《つぐな》ってもらうところだったんだが、皇族である殿下の顔を立てて、今回の一件は条件付きで不問にすることになったぞ。これもお前が散々馬鹿にした、身分制度の恩恵でもあると嚙み締めるんだな」

「ぐ、ううう……！　華衆院……國久ぁ……！」

ようやく声を出せる程度には回復したのか、刀夜は鬼のような形相《ぎょうそう》で俺を睨《にら》んでくるが、それをまるっと無視する。いい加減、頭がぶっ飛んだ馬鹿の相手をするのも疲れるしな。

（……結果的に言えば、原作主人公が俺に敵意を抱いているっていうのが早めに分かったのも収穫《しゅうかく》だったな）

最早《もはや》、刀夜自身の力は脅威ではないが、奴は押しも押されもせぬ超絶ハーレム主人公。美少女を味方に付けることに長けた存在であり、今現在の大和帝国には数多くの美人領主、美少女次期領主が存在している。

確たる根拠があるわけじゃないから優先順位は低めだけど、俺に敵意を抱いている刀夜が、そういった連中を味方に付けたとなると厄介だ。現に、今回の一件で決定的とまではいかないにしても、皇太女の美春との間に確執ができたし。

（華衆院領を帝国内で孤立させない……その為に、俺も力のある味方を増やすべきだな）

今後の方針を定められた……この事実は大きい。有益な他所の領地との結びつきができれば領地の発展にも繋がるし、饕餮城に戻ったら早速そのように動かないとな。

（……それにしても、原作主人公が思った以上にヤバい奴でビックリした）

原作でもあそこまで酷くなかった気がするんだが……ちょっと政略結婚をして、ちょっと華衆院家と血の繋がりの無い連中を追い出したくらいで、あそこまで過剰に反応するもんか？　しかもこっちの言い分なんて全然聞く耳持たなかったし。

……フェミニストというか、男嫌いと言われた方がまだ納得できるんだけど……。

まぁ何でもかんでも後ろ向きに考えるのは止めて、最優先事項である雪那の防衛を大幅強化できただけでも良しとしよう。

＝＝＝＝＝

決闘騒ぎからしばらく経ち、守りの短刀である月龍を譲り受け、無事に饕餮城に戻って来ていた俺は、奥御殿の縁側《えんがわ》で刀夜との決闘がもたらした影響と、今後の身の振り方についてちゃんと頭の中で纏《まと》めていた。

今回の面会で思ったんだが、美春をこのまま皇帝にするというのに不安を覚えたのも事実だ。想像を絶するくらいヤバい奴だった刀夜に対して、妄信的になっている奴が皇帝になれば、その影響は俺たち臣民《しんみん》にも及ぶだろう。それも悪い意味で。

(もしこのまま自分の行動を振り返らず、改めないなら、いずれ排除する必要が出てくるだろうな)

美春の雪那に対する拗《こじ》れた執着も気になる。皇帝としての権力をフル活用して変なことをしでかさないよう、雪那と無事に結婚できるように示し合わせつつ、冷静に考え、慎重に動き、しかるべきタイミングで美春を皇位から退かせる必要性を俺は感じた。

(そう考えれば、今回の決闘騒ぎは丁度良かったのかも)

俺が美春たちと騒ぎを起こしたのは黄龍城の庭園……数多くの侍女や家臣の目に留まるような場所だ。先日の騒ぎの時にも、「一体何の騒ぎだ」と遠巻きに様子を見ていた連中が結構いた。

（どうもそいつらから話が皇帝まで届いて、美春は謹慎《きんしん》になったらしいな）

俺は先の一件を不問にすると確かに言ったし、宣言通り抗議もしなかった。……ただし、事情を聴《き》かれたら正直に答えないなんて一言も言っていない。

あの後、俺の所まで天龍院家の家臣《かしん》が騒ぎの原因を聞きに来たから正直に答えた。そうしたら皇帝が美春に罰を下したというわけだ。美春はあくまで刀夜を庇《かば》っていたから、それなら上に立つ者として部下の失態の罰を受けろって感じで。

変に娘を庇ったり、自分の都合の良いように言葉を並べたりしなかっただけ、皇帝も美春も完全に腐ってるわけではないらしい。

（実害もなく、正式に抗議文を出さずに不問にすると宣言したし、皇帝も忌み子じゃない実子は美春しかいないから、美春への罰は謹慎なんて軽いものになったが……この一件は、確実に美春の経歴に傷をつけた）

皇太女が不祥事《ふしょうじ》で謹慎……この事実は、いずれ美春の地位を脅かすことだろう。原作では内乱を収束させた美春が皇位に就いて、刀夜は王配としてハーレムを築いてたけど、俺の知っている【ドキ恋】のシナリオはもはや崩壊している。

このまま美春が皇位から退くようなことになれば、末端でも皇位継承権を持った適切な人間を次期皇帝として推挙して、国内情勢の安定を図りたいところだが……その辺りの事は今は置いておこう。

（刀夜に関しては、次何かしてきたら遠慮なく潰せるしな）

武を尊ぶこの国では、切った張ったは日常茶飯事《にちじようさはんじ》。実害がなかった以上、一度くらいは皇族の顔を立てないと周りからの反感を買ってしまうこともある。しかし二度も同じような事が続くなら話は別だ。

正当性もなく貴族に歯向かうなんてことを二度も繰り返せば、その罪は皇帝であっても庇うことはできない。もし次に刀夜が俺に斬りかかって来るにしろ、正式な手順で決闘を挑んでくるにしろ、俺は大手を振って刀夜を始末できるわけだ。

（そして多分……刀夜は再び俺に挑んでくるだろうな）

根拠がある話じゃないが、あの時見せた憎悪を宿した目を見て、もう関わってこないだろうと思えるほど俺は楽観的じゃない。

そして懸念通りに刀夜が俺に挑みかかってきた時こそ、うざったいチーレム主人公を正義の名のもとに排除する絶好のチャンス。人質とか圧力とかの搦め手も封殺できる自信も根拠もあるし、その時が来れば遠慮なくぶち殺してやろう。

（ハーレム主人公の影響力を発揮する前に殺しておくという考えもあったんだが……この国では強い男ほどモテるっていう価値観が根強いからな。俺にボロ負けしたことを未攻略のヒロインたちが知れば、奴のハーレム拡大を阻止《そし》できる可能性は十分あるはず）

だからこそ、俺は自分が発信源だと悟られないようにしつつ、鬼切丸の使い手となった話題の剣士である御剣刀夜は、土蜘蛛殺しの英雄である華衆院國久に手も足も出ずに敗北したという事実が、大和帝国中に広まるように手配した。後は結果をご覧《ろう》じろ、だ。

（結論、今回の一件に関しては丁度いい落としどころに持って行けたわけだが……これから先どんな展開が起こったとしても、皇族を含めた何者にも脅かされないくらいの絶対的な権力を手にする必要があるな）

そしてそれを手にするには、華衆院家単独では難しい。複数の有力者と手を組んで取り掛かるのが確実だし、また不可能ではないと思っている。皇族の威信《いしん》が弱まっているこの時代、皇族に見切りをつけて貴族同士で手を組むことで国難を乗り越えようという考えが、国中の貴族たちの頭にあるからな。

（問題は、どの貴族と手を組むかなんだよな）

判断材料としては、財力、軍事力、技術力と多岐《たき》にわたるが、一番の基準はその家の当主と利害が一致するかどうか……その辺りの事を探りたいんだが、現状ではそれは難しい。

華衆院家でも他所の領地の情勢を探る役目を持った人材はいるが、突出して優れているわけではない。良くも悪くも並みで、時には他所の家の城まで忍び込んで深い事情を探れる、諜報特化の人材がいないのだ。

（その辺りの事を解決するために、前々から原作ヒロインの一人である斑鳩燐《いかるがりん》を雇用するために動いてたんだけど、結果は振るわなかったしなぁ）

斑鳩燐は、大和帝国各地で活動する、諜報活動を専門とした傭兵……特定の主を持たない流浪《るろう》の忍者だ。現代風に言えば個人経営の殺し屋とかスパイといったところか……作中では敵城に忍び込んで情報を盗んだり、工作活動をしたりと、陰の仕事人として活躍していた。

特定の家に仕えているわけでもないし、仕官させる余地があると思ってたんだけど、所在が掴めずにいたんだよなぁ。

ちなみに萌えキャラとしての属性は無口無表情がデフォルトのロリっ子くのいち。

（そういえば、前世の友達に燐が作中で一番好きって言ってるロリコン野郎がいたっけ）

不意に前世の事を思い出して、俺の胸に哀愁《あいしゅう》が漂《ただよ》う。

俺は湧き上がるもの悲しさを振り払い、気を取り直して今後どうするかを思索していると、そこに雪那が近づいてきた。

「國久様、今よろしいでしょうか？」

「あぁ、もちろんだ。どうした？」

「実は先程、西園寺家《さいおんじけ》次期当主、西園寺晴信《はるのぶ》殿からの書状を預かった使者の方が到着したと、松野殿から言伝《ことづて》を預かっています」

その言葉を聞いて、俺は思いっきり首を傾げた。なにせ西園寺晴信というのは、原作でも登場するキャラの一人だからだ。

【ドキドキ♡あっ晴《ぱ》れ戦《せん》姫《き》恋愛《れんあい》絵《え》巻《まき》】には、中国の伝承に登場する四凶と同じ名前の城に住んでいる、四人の小悪党キャラがいる。

檮杌城《とうごつじょう》の土御門《つちみかど》政宗《まさむね》。

窮奇城《きゅうきじょう》の勅使河原《てしがわら》惟冬《ただふゆ》。

渾沌城《こんとんじょう》の西園寺晴信。

そして饕餮城の華衆院國久……つまり俺の転生先だ。

こいつらはいずれも主人公である刀夜が活躍するためのかませ犬として登場するキャラで、性格は最悪そのもの。色々歪んでいるとはいえ、正義感で動いている刀夜の方がまだマシって思えるような面々ばかりだ。

(正直関わり合いになりたくないようなキャラだから交流を避けてたんだけど……どうしてその内の一人が俺にコンタクトを取ってきたんだ……?)

いずれも名門の家系なので、直接面識はないが領地同士の交流はあった。だからいつか顔を合わせる日も来るんじゃないかと思ってたけど……実は以前からこの三人に関する情報を聞いていて、俺はとある疑惑を抱くようになった。

今回送られてきた書状は、俺の疑惑を確信に変えるものなのかもしれない。だとすると、こちらも応じる必要がある。

「分かった。準備をして使者殿と会うとしよう」

＝＝＝＝＝

西園寺家からの使者の引見を済ませ、当主の部屋へと引き籠もった俺と雪那、重文の三人は届けられた書状を囲んでいた。

議題はずばり、この手紙の内容に関してだ。

「馬鈴薯と油に関する取引と、両家の今後の親交に関する誘いですか」

西園寺家次期当主、晴信からの手紙の内容は実にありきたりなものだ。

ジャガイモの種芋の提供と栽培方法を熟知する人間の派遣、それに伴って流行となっているフライドポテトの材料となる油や塩の取引内容の変更がしたい。代価はもちろん用意している。そしてこれを機に両家の次期当主同士で会見を行い、より強い親交を結べたら幸い……貴族の間ではよく見られる、流通や商談に関する提案だ。

「西園寺家……華衆院家と並ぶ帝国西部の大家ですね。馬鈴薯の普及具合を知って、真似をしたいといったところでしょうか？」

「そうかもしれませんな。内陸の領地ゆえに港こそありませんが、領地の広さや土地の肥沃（ひよく）さで言えば、華衆院家すら凌駕（りょうが）する国内最大の穀倉地帯です。海外から輸入された作物の栽培が成功したことを知って、その栽培方法ごと買い取りたいと言ってきてもおかしくはありません」

大きな港があり、様々な人種や物が行き交い、石材で整備された街道がどこまでも伸びる、まさに都会といった様相の華衆院領とは異なり、西園寺領の風景は田畑が延々と広がり、山と森ばかりの田舎といった感じだが、決して貧しいというわけではない。

それどころか大和帝国最大の牧場を持つ大地主で、その生産量は国内各地に食材を出荷してもなお余るほど。農作物だけじゃなくて牛、豚、鳥といった家畜も手広く育てているし、街が発展しているように見えないから力のない領地だというのは大間違いだ。

(内陸の領地だから、塩や輸入品の取引は昔からしてたんだよな)

そして西園寺家からは米や小麦といった、領民全体が毎日大量消費する作物を購入させてもらっていたというわけだ。隣接しているわけじゃないが、西園寺領は華衆院領から比較的近い距離にあるし、華衆院家の特産物は、塩を除けばどちらかというと嗜好品寄りの物が多く、米や小麦にはそこまで力を入れていないからな。割とWINWINな関係を築かせてもらってる。

「……それで向こうが代価として提示してきた条件が、米や小麦の五年間の割引か」

「……破格ですな。引き受けない理由はないように思いますが」

地球の方じゃどうか分からないし、たかが五年と思うかもしれないが、少なくともジャガイモ一つでこの条件は、この世界では十分破格だ。

「しかも会見には、雪那の事も招待してて、ぜひ挨拶がしたいみたいだな」

「……私としては、それが一番気がかりですね」

忌み子と疎まれる雪那は、領地の外で行われる交渉や外交の席に出ることを自粛《じしゅく》している。それは華衆院家に嫁《とつ》ぐことが決まってから今日まで、国中で暗黙の了解みたいになりつつあったんだが、西園寺晴信はその上で雪那を招待しているわけだ。

「俺と本気で親交を深めるために、雪那に対しても礼を尽くそうっていうんなら、その目論見は大成功だな」

「あぅ……く、國久様」

大真面目に呟いた俺の言葉に、雪那の頰《ほお》が朱色に染まる。

これまで雪那の事を侮ってかかり、俺との交渉でもそれを隠さない奴が多かっただけに、雪那の事も尊重するようなことが書かれていた手紙の内容を見て、俺はすでに絆され気味である。

この書状を届けに来た使者も礼節をわきまえ、慇懃《いんぎん》な態度を貫いていたし、西園寺家は決してこちらを侮るつもりはなく、取引で出し渋りはしないということだろう。

「西園寺家の本命は、馬鈴薯ではないのではないでしょうか？　國久様が首都で美春たち起こした騒ぎは、国内中に知れ渡ってしまいましたし……」

そう言って、雪那は悲しげに眉尻を下げる。どのような経緯があったとしても、かつて親しくしていた腹違いの妹が評判を下げている事を嘆いているんだろう。

美春たちの評判が下がったのには俺も関わってはいるが、原因は美春たちにあることは雪那も理解しているらしく、その件について何か言及してくることはなかった。

「皇族の求心力の低下と、先の美春の一件……帝国の未来に不安を抱いているのはどこの領主も同じです。華衆院家と同じように、情勢の乱れに備えて協力者を求めているのでは？」

「私も雪那様と同意見で、馬鈴薯はあくまで表向きの理由。本命は華衆院家との密約にあると存じます。両家は昔から交流がありましたし、有事の際に手を結ぶ相手として適切だと判断されても不思議ではないかと」

「それに関しては俺も二人と同じことを思っている。向こうは、次期当主同士の会見を望んでいるんだからな」

領主っていうのは多忙で、主な移動手段が馬である今の時代、おいそれと自分の領地を留守にすることができない。今回のような物流に関するやり取りにしても、外交官を通して行うのが普通で、わざわざ領主同士が顔を合わせて話し合うことは少ないのだ。

次期領主という立場ならある程度身軽なんだけど、華衆院家の場合、俺が当主代理も兼任してるからな。

「西園寺家当主、高時《たかとき》殿は……」

「……病が悪化し、ますます体力が落ちたとのことです。領民たちもここしばらくの間は姿も見ていないそうで、通常の公務はもはや難しい状態なのでしょう」

数年前、西園寺家の当主であり、晴信の父である高時が病に倒れた。それからは俺と同じように、晴信が当主代理としての務めを果たすようになったと聞いている。つまり身軽な立場ではないということだ。

そんな状況下で、西園寺晴信はわざわざ会見を申し込んできた。それなりの理由があると思うのが普通である。

「晴信殿はどのような人となりだったっけ？」

「直接面識はありませんので伝え聞いた話になりますが、冷徹冷静で公明正大を地で行く方であり、当主代理としての務めも実直に見事に果たしておられることから、領民からの信頼も厚いとは聞いております」

そこである。転生者として一番気がかりなのは、西園寺晴信という男に悪い噂が聞こえてこないということだ。

普通なら全然悪いことじゃないし、これから交渉しようって相手が善政を敷く貴族っていうのは、むしろ良いことのはずなんだけどな。

（だが俺が知っている原作での西園寺晴信っていうのは、性格最悪の悪役貴族のはずなんだよな）

原作における西園寺晴信は、冷血非情を絵に描いたような男で、権力を笠に着て私利私欲に走るのは当たり前、忌み子への偏見も酷いし、自分の欲望を満たすためなら殺しも略奪も詐欺《さぎ》も辞《じ》さないし、作中では父親である高時が邪魔になったから、病気になったのを良いことに暗殺したり、刀夜たちを苦しめるためだけに食料の流通をストップしたりと、原作版の國久とは比べ物にならないレベルの悪党だ。

ぶっちゃけ、先日首都で会った実際の刀夜の方がまだマシなくらいである。

（そんな極悪人街道まっしぐらのはずのキャラが領民から慕われていて、原作開始時点でも父親である高時が生きている……この事実と原作知識の齟齬《そご》に理由があるとすれば）

俺と同じく、西園寺晴信は転生者である可能性が否定できない。

そんなことあり得るのかとも思うが、俺という前例がある以上、他にも転生者が存在しているというのも、可能性の一つとして考慮するべきだろう。

（そんな転生者疑惑のある奴が、俺に直接会いたいと言ってきた。この意味はでかいぞ）

警戒は必要だ。相手が転生者なら原作知識によるアドバンテージは一切通用しないものと思っていいから。

しかし原作知識によって今後の展開を知って、俺に協力を求めてきたというのなら……会う価値は十二分にある。

「よし……会おう！　俺はこれから西園寺晴信殿との会見を行う方向で進める。雪那と重文も、そのつもりで準備を進めていってくれ！」

決断した俺はさっそく準備に取り掛かるために動き出す。

仮に晴信が転生者でも何でもなくても、西園寺家はこれから訪れるであろう情勢を乗り切るために、また俺の目的を果たすために手を結ぶべき絶好の交渉相手。如何《いか》なる経緯があろうとも、原作と違って性格が良いというのなら、手を結ぶに越したことはないはずだ。

そう決めた俺は会見の準備を進めるのだが……この時の俺は知る由もなかった。

これが華衆院家の……いいや、大和帝国の黄金時代の幕開けの切っ掛けになっていたということを。

私の名前は田山宮子《たやまみやこ》。以前は皇族のお城で下働きとしてお勤めしていたんだけど、友人にして主君でもある天龍院雪那《てんりゅういんせつな》様の婚約を機に家族で華衆院領《かしゅういんりょう》に引っ越してきて、早四年ほど経つ。

これといった自覚は無かったんだけど、どうやら姫様のご婚約者である華衆院國久《くにひさ》様は私の事を評価してくれていたらしく、正式に侍女《じじょ》として召し抱えられて給金も大幅に上がっただけでなく、私たち家族の為の家まで用意してくれていて、病弱だったおっ母の為に医者まで手配してくれていた。

そのおかげで家族揃《そろ》って大助かり。そのご恩を返すために今日も誠心誠意働いている。

「あの……宮子。國久様がお喜びになる事といえば、何か分かりますか……？」

そんな私のお勤め内容は、掃除《そうじ》や洗濯《せんたく》といった饕餮城《とうてつじょう》の維持のみならず、姫様のお世話が主だ。

お着換えの手伝いを始め、姫様の予定の管理に、用事や申請などの伝達。ご多忙《たぼう》な姫様の身の回りのこと全般を補佐する専属侍女として、私も日々慌《あわ》ただしく過ごしている。

で、侍女たるもの主である姫君が退屈しないように話し相手を務めるのもまた役目。

……まぁこれに関しては私は役目と捉えておらず、好き好んで話し相手になっているんだけど……ある日突然、姫様からの相談に乗ることになった。

「どうされたんです？　若様と何かございましたか？」

「その、大層なことがあったわけではないのですが……」

自分の中で言葉を整理するかのように、姫様はポツリポツリと話し始める。

「実は今日、國久様と一緒に城下町へ視察に出たのですが……」

＝＝＝＝＝

國久が視察にかこつけて雪那を逢《あ》い引《び》きに誘おうとするのは今に始まったことではない。仕事自体は真面目にしているが、國久が何かにつけて雪那との時間を捻出《ねんしゅつ》しようとしているのは、領内の人間なら誰もが知っていることだ。

今日もそうして二人で視察兼逢い引きをしていた時、ちょっとした騒動が起こった。

「よぉ、お二人さん。随分《ずいぶん》と身なりが良いお坊ちゃんとお嬢さんじゃねぇか」

「へへへ……ちょいと幸せをお裾《すそ》分《わ》けしてくれや……」

明らかにごろつきといった見てくれをした人相《にんそう》の悪い男たち……後から聞けば、東部から来た無頼漢《ぶらいかん》に絡まれたのだ。

国内外との交易拠点として発展している分、領内の治安維持《ちあんいじ》に力を入れている華衆院領だが、交易が多いという事はそれだけ人の出入りが激しいという事で、柄《がら》の悪い人間が訪れることもままある。

「……あぁ？　おいコイツ、忌《い》み子《こ》じゃねぇか⁉」

そして東部と言えば赤目の人間に対する偏見が強い地域だ。彼らは雪那が赤目の人間であると知るや否や、まるで害虫を見るかのような目を雪那に向ける。

「かぁー！　赤目の分際《ぶんざい》で俺らよりも上等な身なりをしてるたぁ、いい御身分じゃねぇか⁉」

「呪《のろ》われた人間の分際で、随分生意気な女だ。その綺麗《きれい》な着物も、忌み子なんぞに着られるくらいなら、俺らが有効活用してやんよ」

「……いや、ちょっと待て。この女、随分と上玉じゃねぇか？」

追剝《おいは》ぎをしようとしたごろつきたちだが、その中の一人が雪那の容姿が非常に整っていることに気が付くと、途端に全員が下卑《げび》た笑みを浮かべ始めた。

「……確かに、赤目ってところにさえ目を瞑《つぶ》れば、ぐへへ……！　そそる体してるじゃねえか……！」

「気味の悪い赤目も、布かなんかで隠しちまえば気になんねぇだろ……っ」

男たちの血走った視線を向けられた時、雪那はこれまで感じた事のない悍《おぞ》ましさを体感した。婚約以前には様々な悪意に晒《さら》されてきた雪那だが、この手の獣欲《じゅうよく》に満ちた視線で遠慮なく全身を舐め回すように見られるのは、さすがに未経験だったのだ。

「そうと決まれば……よぉ、色男。痛い目に遭いたくなけりゃっ⁉」

しかし、そんな全身に悪寒《おかん》が走る不快感も、長くは続かなかった。隣に立つ國久が地属性魔術を発動し、地面から岩の柱をごろつきたちの股間に突き立てたのだ。

「どこの誰か知らないが、この華衆院家次期当主の婚約者に手を出そうとはいい度胸だ」

地面を粘土《ねんど》のように操り、股間を押さえながら悶絶《もんぜつ》するごろつきたちの体半分を地面の中に引きずり込みながら、國久は雪那の体を抱き寄せる。

初めて出会った時とは違う、少年から青年へと成長を遂げて逞《たくま》しくなった胸元や大きな腕の感触は、先ほどまで感じていた悪寒など最初から無かったかのように塗り替えていった。

「せいぜい牢屋敷《ろうやしき》で他の罪人共に吹聴《ふいちょう》しな。この華衆院國久の婚約者、天龍院雪那に手を出せばタダじゃすまないってな」

「……という事が、ありまして……！　城下に混乱を招く事件が起きた時に不謹慎《ふきんしん》だとは思うのですが、その時の國久様の逞しさや凜々《りり》しさを思い返すと、何だか変な気分になって……！」

真っ赤になった頰を両手で隠し、モジモジしながら語り終えた姫様を見た時、私は思った。「これただの惚気《のろけ》や」……と。

姫様が幸せそうだし、別にいいんだけど。私から言えるのは「ご馳走様《ちそうさま》」という言葉くらいなものだ。

「まぁ姫様がそう思うのも無理はないですけどねー。ここ最近、若様はまた一段と男前になられたって領内中で噂になってますし」

「そ、そうなのですか……？」

若様はこの二年の間に身長も伸び、顔つきも精悍《せいかん》になられた。元々の美貌《びぼう》も相まって、少年から青年へと成長し始めて色めき、自分も側室や愛妾《あいしょう》にと考える女性は後を絶たない。

「……だからって、そんな不安そうな顔をしなくても大丈夫ですよ姫様」

「え……っ？　そ、そんな顔になっていましたか……？」

「ええ、なってました」

一夫多妻制《いっぷたさいせい》が法律として導入されているとはいえ、夫に自分以外の女がって事態を簡単に受け入れる女なんてそうはいない。だから姫様の不安も分かるんだけど、それは完全に杞憂《きゆう》というものだ。

だってあの人、姫様のことしか見てないし。言い寄る女性が多いのは確かだけど、それ以上に守りが堅すぎると有名なのだ。

……それはそれとして、姫様に手出ししようだなんて万死に値する。

「とりあえず、明日にでも姫様を襲おうとしたごろつきどもの大切なところを捻《ひね》り潰《つぶ》しておきますね」

「か、過剰な暴力は駄目ですよ⁉」

私の方でも連中をしばきまわしたかったけど、姫様に止められてしまった。

聞くところによると連中は姫様の事を「忌々《いまいま》しい赤目の忌み子」と罵《ののし》りながらも、姫様の麗《うるわ》しい容姿にだけはしっかり目を付けて、獣欲の赴《おもむ》くままに姫様に手出ししようとしていたらしい。

これだから東部の田舎者《いなかもの》は嫌なんだ。元々荒っぽい土地柄だけど、西部と比べても野《や》蛮《ばん》な上に、下らない偏見ばっかり強いから。

まぁ、あの若様のことだ。姫様を侮辱《ぶじょく》した上に手を出そうとした人間なんて碌《ろく》な目に遭わないだろうし、我慢しよう。

「でも思ったのです。今日に限らず、國久様には日頃から本当に良くしてもらっています。そのご恩を返す意味も兼ねて、何か喜んでいただけることができないかと」

なるほど……しかしこれは割と難しい問題だ。

というのも、相手は大貴族の次期当主。大抵のことは自分で叶えてしまう分、謝礼となると相応のものを用意しないといけない。若様なら、姫様がしてくれることなら何でも喜びそうではあるけど、だからと言って適当なものでは姫様が納得しないだろう。

「うーん、男は好きな女性の手料理を喜ぶってよく聞きますけどね」

「……それは、喜んでくれるのでしょうか？　料理は未経験なのですが……」

確かに微妙か。若様は日頃から美食を食べなれているし、好物で攻めようとしても、若様の好きな食べ物と言えば海鮮の酒蒸《さかむ》しや網焼き、刺身といった、素材の良さが物を言う、火加減さえ気を付ければ誰が作っても美味《おい》しくなる類《たぐ》いの料理。手間がかからない分、姫様が手間暇かけたという補正もかからない。

「他に若様が喜ぶこととなると……艶事《つやごと》？」

それは特に何も考えずに出てきた案で、別に本気ではなかった。結構繊細《せんさい》な話題だし、さすがに姫様には荷が重いと思ったから。

「艶事……ですか？　それをすれば、國久様が喜んでくださるのですか？」

しかし私の予想に反して、姫様は異様に食いついてきた。おかしい、私の予想だと顔を真っ赤にして慌てだすと思ったんだけど……。

「ちょちょ、落ち着いてください姫様！　艶事って、具体的にはどんな事をするか分かりますか⁉」

「いえ……恥ずかしながら、婚姻《こんいん》を結んだ後に行うものとしか。……教育係を務めてくれた花江殿《はなえ》からは、國久様に全て任せれば万事上手くいくと……」

花江様……松野重文様の親戚筋《しんせきすじ》に当たる方で、今はもう引退しているけど、かつては若様の母である前当主様の教育係も務めていた方だ。

誰に対してもはっきりとした物言いをされる方だけど、どうやらそこら辺の事情を姫様に教えられなかったらしい。

まぁ気持ちは分かる。純粋な人にそういう事を教えるって躊躇《ためら》われるし。

「それで、どうなのですか？　本来婚姻後に行う事でも、前倒しして艶事を行えば國久様は喜んでくれるのですか？」

「ま、まぁ絶対に喜んでくれるとは思いますけど……え？　本当に大丈夫なんですか？」

「はい。國久様の為ならば、いかなる苦難も厭いません。……宮子、私に艶事の何たるかを教えていただけませんか？」

覚悟を決めた顔でそう告げる姫様。……まぁいずれ必要になる知識だし、本番で狼狽《うろた》えて失敗するよりかは……。

「わかりました。それでは参考文献《さんこうぶんけん》を調達してくるので、少々お待ちください」

そう言って私は城下町まで書物……男女のあれこれが書かれた小説を買いに行き、それを姫様に渡す。

「これが艶事に関する知識が書かれた書物……では、拝見させていただきます」

やたらと真剣な表情で小説を捲《めく》っていく姫様。最初は熟読している様子だったけど……ある程度読み進めていくと、いきなりビシリと固まってしまう。

「あ、ああああの……宮子……？　登場人物が服を脱ぎ始めたのですが……⁉」

「そりゃ……服を脱がないことには始まりませんし」

「脱がないと始まらないっ⁉　え？　えぇ？　ど、どうして殿方の目の前で服を……ええ？」

「とりあえず、続きをお読みになってください」

内容がよっぽど衝撃的なのか、書いてあることの半分くらいしか意味が分からないといった様子の姫様。しかし私自身、そこに書いてあること以上の事は説明できないので仕草《しぐさ》で続きを読むように促すと、姫様は恐る恐るといった感じで続きを読み始めた。

「……？　……っ⁉　……っっ⁉」

そうすると、ようやく内容をちゃんと理解し始めたのか、姫様は顔を真っ赤にしながら口元をワナワナさせる。しかし小説を捲る手は止まらず、ある一定のところ……恐らく山場と思われる場面まで読み進めた段階で、姫様の限界が訪れた。

「ひゃわぁあああああああっ⁉」

姫様は涙を浮かべながら小説を放り投げてしまう。未経験の私が説明するより分かりやすいと思って用意したけど、どうやら姫様には刺激が強すぎたらしい。

「こ、ここ、これが艶事、なのですか⁉　え？　え⁉　わ、私と國久様が、これと同じことを……えぇ⁉」

「まぁ夫婦となるなら絶対に通る道ではありますねー。そして若い男なら大抵喜ぶらしいです」

「むむ、無理です！　まだ気持ちもまともに伝えられていないのに……！　こんな、こんな…………」

そう言いながら、姫様は畳《たたみ》の上に放り出された小説を拾い上げ、再び内容に目を通し始める。その表情は相変わらず真っ赤であるものの、視線だけはマジマジと文章を追いかけていた。

「や、やっぱり無理です！　破廉恥《はれんち》です、いやらしい！　こんな……こんな、恥ずかしい、ことを…………」

秘

そう言いながらすぐに目を逸らすけど、小説を手放さず、再び視線を戻してペラペラと捲り始める姫様。

「あのー……姫様？　なんか夢中になってません？」

「へぁああっ⁉　ちち、違うんです！　これは、その、えっと……っ」

違うと言いながらも小説を手放せずにいる姫様。……どうやら私は主君の知られざる一面を開拓してしまったらしい。

「ま、姫様には確かにまだ早いみたいですし、ここは他の案を考えましょう」

見かねた私がそう提案すると、慌ててそれに乗ってきた姫様。

「そ、そうですねっ。そうしましょう、ぜひ！」

しかしそうなると、問題は振り出しに戻る。姫様が若様にしてあげて喜ぶこと……他に何があるかな？

基本的には何でも喜ぶとは思うけれど、やっぱりここは手料理……？　ありきたりだけど王道と言えば王道だし……しかしせっかくなら、それに何かを加えてみたいところだ。

「そういえば……ここ最近、國久様は少しお疲れの様子でしたね」

「え？　そうなんですか？」

姫様の専属侍女としてほぼ毎日顔を合わせているけど、疲れを感じている様子はなかったように思う。

なんというか、あの人って体力お化けって印象が強いのだ。次期当主としての仕事、教育、戦闘訓練……何一つ疎《おろそ》かにすることなく毎日こなしているけど、顔色一つ変えていない。

「次期当主教育が佳境《かきょう》に入り、少し疲れが溜《た》まってきているのでしょう。日々の立ち振る舞いに、少しだけ精彩を欠《か》いているように思うのです」

「確かに……ここしばらくの若様は忙《いそが》しそうにしていますしね」

私には変化が見受けられなかったけど、きっと誰よりも近くで見てきた姫様だから気付けたんだろう。

「となると、若様の疲れを癒《い》やせる、滋養《じよう》のある食事を作ればいいんですかね？」

「そうですね。確か最近、エルドラド王国より薬膳《やくぜん》の材料として重宝《ちょうほう》されている、疲労回復の効能がある茶葉が入荷するようになったはず」

エルドラド王国……私も華衆院家の侍女教育を受けている身で、国内外に関する知識を叩きこまれているから知っている。確か大和帝国《やまとていこく》と同じくらい魔術で栄《さか》えている国で、特に医療魔術が進歩しているとか。

そんな国で薬膳に用いられている茶葉なら、確かに効果がありそうだ。

「確かその茶葉、饕餮城にも運び込まれましたよ。早速試しに淹れてみましょう！」

という訳で、私は姫様と一緒に饕餮城の台所に移動し、輸入品の茶葉を急須《きゅうす》に入れてお湯を注ぎ込む。

舶来品《はくらいひん》なだけに高級品だけど、姫様の一存で使い切ってもいいと言われている分だから、練習も兼ねて遠慮《えんりょ》なく使わせてもらおう。

「……うへぇ……っ。な、なんか変な匂い」

しかし淹《い》れてみたは良いものの、なんとも表現しにくい独特の匂いが急須から漂《ただよ》ってきた。

とりあえず、どのくらい蒸らせばいいのか分からないから、手始めにまず短めの時間で蒸らしてみて、そのまま湯飲みに注いでみる。

浅蒸ししているから色自体は淡い琥珀色《こはくいろ》で、普段見ている緑っぽい色のお茶とはまるで違う。そんなお茶を姫様と一緒に一口飲んでみると……私たちは同時に顔を顰《しか》める羽《は》目《め》になった。

「こ、これは……好みが激しく分かれそうですね」

大和のお茶とは味が違いすぎて飲み慣れていない感じがするっていうのもあるんだけど、それを加味しても風味が独特すぎる。香り高いのは分かるんだけど、人によっては臭いって言いそうな……そんな匂いである。

まぁよくよく考えれば、この茶葉は薬でもあるのだ。嗜好品《しこうひん》としては向いていないのかもしれない。少なくとも、そのままお茶にして人に出すのは抵抗がある。

「しかし困りましたね……これを國久様にお出しするのはさすがに……」

「んー……あっ！　そうだ！　姫様、私に提案があるんですけど……」

頭の中に閃《ひらめ》いた一計《いっけい》を姫様に囁《ささや》くと、私の案に実行するだけの価値を感じたのか、翌日になって私たちはある場所へと出向くのであった。

＝＝＝＝＝

それから数日ほど経ったある日。

若様が公務の小休止に適当な茶菓子を求めていると聞いた私は、他の侍女に頼んでその準備を代わってもらう事にした。

「私としては助かるけど、いいの？　宮子も雪那様のお世話で忙しいでしょうに……」

「はいっ！　何しろこれは、他ならぬ姫様のご指示でしている事ですから！」

怪訝《けげん》そうにしている先輩侍女を尻目に、私は若様が普段愛飲しているというお茶と、とある菓子類をお盆に載《の》せて、若様が執務に勤《いそ》しんでいる饕餮城の表御殿にある一室へと向かった。

「失礼いたします、若様。お茶菓子をお持ちいたしました」

「ん？　宮子か？　入っていいぞ」

襖《ふすま》の向こうから入室の許可をいただき、音を立てずにそっと襖を開けて中に入る。

普段は立ち入ることのない執務室には、書類や筆が置かれた事務仕事用の卓と座布団《ざぶとん》が幾《いく》つも並べられていた。多分、松野様とか他の家臣の方々も一緒に仕事をされているんだろうけど、どうやら今はいないみたいだ。

だったら丁度いい。あんまり大勢に触れ回るようなことは、姫様も本意じゃないだろうから。

「珍しいな、お前がここにくるなんて」

「実は姫様から若様にと、お茶菓子を用意するように仰せつかりまして」

「雪那から？」

訝《いぶか》しそうにしている若様の前にお茶菓子を置くと、若様は思わずといった感じに目を見開いた。

「これは……」

「海外から最近伝わってきた、小麦粉に砂糖や卵、牛乳を加えた焼き菓子……大和で言うところの煎餅《せんべい》に近いものらしいです」

名前は確か……くっかー？　くっぱー？　何だか馴染《なじ》みのない、そんな感じの名前だったはずだ。

その焼き菓子をしげしげと眺めていた若様は、特に躊躇《ためら》った様子もなく口の中に放り込むと、パァッと表情を明るくされた。

「美味いなこれ。食感も硬すぎず柔らかすぎずで、ただ甘いだけじゃなく、花みたいな香りもする」

「その香りの元は、以前エルドラドから輸入されてきた茶葉なんですよ。何でも、魔術で人工的に育てられた薬草から作られたから、焼かれた状態でも薬効が残ってるみたいですよ」

「……え？　この香りの元ってあれなのか？」

私からの補足に若様は驚いたような表情を浮かべた。

まぁ無理もない。若様だってあの茶葉の事は知ってるだろうし、あの独特の匂いが海外産の菓子類の甘さとここまで調和するなんて、実際に味見した私も想像もできなかったんだから。

「しかしこの手の目新しい菓子類が城に届けられたなら、俺の耳に入ってると思うんだけどなぁ」

「あぁ、それは無理もないことかと」

それもそのはず。だって……。

「そのお茶菓子、姫様自ら作られたものですから」

「なんだと？」

茶葉の独特の匂いを前に途方に暮れていたあの後、私たちが頼ったのは、日頃から海外から渡来した食べ物を扱っている奈津《なつ》さんの茶屋《ちゃや》で、茶葉をどう扱えば若様に気に入ってもらえるかと聞いてみたところ、このような焼き菓子にしてしまえばいいという助言をもらい、彼女の指導のもと、姫様手ずからお茶菓子を焼いたというわけだ。

「本当なら、姫様がご自分でお出しになればいいとは思うのですが、面と向かって感想を聞こうにも、さすがに緊張の方が勝ってしまったようでして……代わりに私が折りを見て若様の反応を確かめてくるように頼まれたのです」

結果としては、若様の口からとっさに出た評価が答えだ。舌の肥《こ》えた若様が言うからには、姫様の努力も無駄にならなくて済んだと言える。

「それはまた随分《ずいぶん》といじらしいことを……ぶっちゃけて聞くんだけど、雪那は緊張してたっつうか、恥ずかしいから俺に直接渡せなかったんじゃねぇの？」

「ぶっちゃけその通りです。だって若様、姫様が今目の前にいらっしゃったら、熱烈な愛情表現をしておられたでしょう？」

「当然。俺は惚れた女への愛情表現を出し惜しみしないからな」

そういうところである。姫様が直接お渡しするのを躊躇った理由は。

まぁ他の誰でもない若様に褒められるなら、姫様は嫌がるどころが嬉しがるとは思うけど、それでも恥ずかしいものは恥ずかしいんだから仕方ない。

（でもよかった……この結果を聞けば、姫様もお喜びになるでしょ）

職人の指導のもととはいえ、皇族の出であり、名家の次期当主の婚約者である姫様にとって、料理など初めての経験だった。

包丁を使うような危ない作業こそなかったけれど、日頃から美食に慣れ親しんだ若様に喜んでもらえるだけの物を作れるのか、ずっと不安だったはず。

そんな姫様お手製のお茶菓子が、姫様が手ずからお作りになったと知らない状態で「美味しい」と言ってもらえた……着物をたすき掛けにして、頑張って生地《きじ》を練っていた姫様を傍でお手伝いしていた身としては、浮かばれる思いだ。

「しかし……わざわざ宮子を遣わして俺の反応を窺《うかが》ってきたことから察するに……この茶菓子の感想は宮子を介《かい》して伝えた方がいいと思うか？」

「んー……別にいいんじゃないでしょうか？　若様のご随意《ずいい》になされても」

「よーし。そうとなれば遠慮《えんりょ》なく、この茶菓子をだしにして口説《くど》かせてもらうとしよう」

きっと今日の夜にでも若様は姫様のお部屋を訪れ、全力で口説き倒しては姫様を恥ずかしがらせると思う。後で事の顛末《てんまつ》を知った姫様はきっと、真っ赤な顔で「もうっ！」と怒ると思うけど……まぁ問題ないでしょ。

姫様からは口止めもされてなければ若様を止めるようにも命じられていないし……何よりも、本当は若様の口から直接お褒めの言葉を聞きたいと思っていることくらい、見れば分かる。

私は主君が心地よく過ごすために働く侍女だけど、同時に姫様の友人だ。色恋に優柔不断《ゆうじゅうふだん》で素直になれない友人の背中を上手《うま》いこと押してあげるのも務めなのである。

「それでは若様、私はこれで失礼いたします」

「あぁ、ご苦労だったな」

廊下《ろうか》に出てから正座して一礼し、私は静かに襖を閉める。

結果は上々。これで相談事も無事に済んだことだし、姫様のもとに戻るとしよう。

「……それにしても、ちょっと羨《うらや》ましいかなぁ」

あそこまで想い想われる相手がいる姫様を友人として臣下として祝福しつつも、一人の女としてはやっぱり羨ましく思う。私自身、恋愛というのは未経験だから、それがどれほどのものなのかは想像の域を出ないけど、あの二人があそこまで夢中になれるんだったら、それはよっぽど素晴らしいものなんだろう。

(私も彼氏募集でもしよっかな)

姫様みたいに美人じゃないから好き好んで私を選ぶような人がいるとは考えにくいけど、募集する事自体は自由だと思う。……まぁ私の侍女の仕事に理解があって、時間がなかなか取れなくても愛想を尽かさない……それが最低条件だけど。

しかも私はどちらかというと、他人の色恋沙汰《いろこいざた》を眺《なが》める方が好きだしなぁ。羨ましいとは思っても、そこまで積極的にはなれないっていうか。

（ま、私の事は気長に考えますか）

そんなことを考えながら、私は表御殿と奥御殿を繋ぐ渡り廊下を歩くのだった。


……ちなみに、その日の夜の姫様は私の思ったとおり、散々愛を囁《ささや》かれたのか茹《ゆ》で蛸《だこ》みたいに赤くなっていた。

「うぅ……み、宮子でしょう……っ？　事の一部始終を國久様にお話ししたのは……！　お、おかげでこんな辱《はずかし》めを……！」

なんだかちょっとだけ恨《うら》めしそうな目で私を見てくる姫様。しかし怒りの割合が低いのか、全然怖くない。

「まぁまぁ。姫様の事を抜きにした率直な感想で褒めてくださったんですから、いいではありませんか。……それに、その様子だと満更《まんざら》でもないみたいですし？」

「そ、それは……っ！　……そう、ですけど……」

俯《うつむ》き、返事が尻すぼみになる姫様。この様子だけでも、私の行動が功《こう》を奏《そう》したか否かはもうお察しである。

「後は姫様の、色恋沙汰に関してちょっと面倒臭くなるところさえ直してしまえば完璧ですね！」

「うぐっ……！　じ、自覚はありますし、直した方がいいと分かっているのですが……対処方法がとんと見当がつかなくて……」

「若様だったらそういうところも込みで満喫《まんきつ》してそうですけどね。……で？　今日は若様とどんなやり取りをされたのです？　その顔の赤さから察するに、今日はまた一段と……」

「わ、わぁあああああっ⁉　お、思い出させないでくださいぃいいいいいっ！」

こうして、私たちは今日も楽しい夜のお喋りをしながら夜を過ごしていった。

……ちなみに、最近若様に影響されて私も姫様の反応を楽しむようになったのは秘密である。

あとがき

読者の皆様、初めまして！　作者の大小判《たいこばん》です。

一応、他の書籍化作品もあるので、そちらの読者様はお久しぶりになりますが、これで私の作品をアンソロジーを含めて六作も世に出すことができました。

これも皆様の応援の賜物。ペットであるカニンガムイワトカゲのヘタレちゃん共々、深くお礼申し上げます。

さて、こういう後書きではいつも何を書くべきか悩むのですが、ここは定番の「どうしてこういう作品にしようと思ったか」について軽く書こうと思います。

と言っても、そう壮大《そうだい》な動機があるわけでもないんですけどね（笑）。ただWEB小説を読み漁《あさ》っていたら、「そういえばこういう感じの主人公ってあまり見かけないなぁ」と思って、執筆してみたんです。

悪役転生と言えばここ数年間の人気ジャンルですけど、その中でも國久《くにひさ》ってかなり珍しいタイプの主人公に仕上がったと自負しているんですよ。

というか、ライトノベル全般から見ても珍しい部類なんじゃないでしょうか？　恋愛に関してゴリゴリの肉食系主人公って。

そういう物珍しさも相まって構想を練ってできあがったのが、悪役転生者の華衆院《かしゅういん》國久であり、超絶積極的な主人公のヒロインに最も相応しいと感じたのが、奥手なヒロイン……天龍院雪那《てんりゅういんせつな》という訳ですが……包み隠さず敢えて言いましょう。

キャラ設定に需要とか考えてません。完全に私の趣味です。

私は元々、カップリング厨《ちゅう》という奴《やつ》でして、特定の男キャラと女キャラの恋愛模様を妄想してはニヤニヤする学生時代を過ごしていたんですが、そうしている内に自分の中で女性キャラに対する趣味嗜好《しゅみしこう》が確立されていったんです。

美少女って、恥ずかしがらせたら可愛くない？　……と。

一応弁解しておきますが、私は変態という訳ではないですよ？　別に恥ずかしがらなくても、戦う女性キャラとかサバサバした女性キャラも大好きですし。ただ色んなカップリングを見ている内に、女性キャラが恥じらっているシーンに萌えを感じるようになったというだけでして、今回たまたま國久というキャラを思い付き、こう思っただけです。

この男なら合法的に美少女を辱められる！　……と。

まぁ他にも性格面での相性補完とか、キャラクター設定とか、その他色々な要因があって、國久と雪那の二人は出会う事になりました。

そしてこの二人の物語が見事、読者の方々から支持を得て、こうして書籍化と相成《あいな》りました！

改めまして、読者の皆様に、そして書籍化の為に協力してくれた方々に心からの感謝を！　これからも大小判の活動を応援してくださると幸いです！

あとがき

はじめまして！
イラスト担当の江田島電気です。

発売おめでとうございます！イラスト担当でき光栄です。
圓久の溺愛ぶり、雪那が惹かれていく様子が
とてもとてもｶﾜｲｲﾈｪ…となりながら描きました
表現できていればうれしいです！

EDAJIMA
DENKI

■ご意見、ご感想をお寄せください。…………………………………………………………

ファンレターの宛て先
〒102-8177　東京都千代田区富士見2-13-3　ファミ通文庫編集部
大小判先生　江田島電気先生

FBファミ通文庫

悪《あく》役《やく》転《てん》生《せい》者《しゃ》は結《けつ》婚《こん》したい

序《じょ》盤《ばん》のザコ悪《あく》役《やく》でも最《さい》強《きょう》になれば、主《しゅ》人《じん》公《こう》でも攻《こう》略《りゃく》できないヒロインと結《けつ》婚《こん》できますか？　1833

2024年7月30日　初版発行　◇◇◇

著　者　大小判《たいこばん》
発行者　山下直久
発　行　株式会社KADOKAWA
〒102-8177 東京都千代田区富士見2-13-3
電話 0570-002-301（ナビダイヤル）
編集企画　ファミ通文庫編集部
デザイン　AFTERGLOW
写植・製版　株式会社スタジオ205プラス
印　刷　TOPPANクロレ株式会社
製　本　TOPPANクロレ株式会社

●お問い合わせ
https://www.kadokawa.co.jp/（「お問い合わせ」へお進みください）
※内容によっては、お答えできない場合があります。
※サポートは日本国内のみとさせていただきます。
※Japanese text only

ISBN978-4-04-738043-1　C0193